ETF

王子复仇记

姬今◎著

PRINCE'S REVENGE

格致出版社　上海人民出版社

2004 年底，中国境内第一只 ETF——华夏上证 50ETF 在上海证券交易所成立，上证 50ETF 在上交所的上市掀开了中国 ETF 市场的新篇章。十六年来，中国 ETF 市场规模稳步上升、投资标的不断丰富、市场创新成果层出不穷。截至 2019 年底，中国境内挂牌交易的 ETF 超过 260 只，总市值超过 7000 亿元。

从境内 ETF 十六年的发展历程来看，中国 ETF 市场的建立和健全，不仅为投资者提供了"省时、省心、省力"的投资工具，而且扩大了中国公募基金行业规模，加深了中国资本市场对外开放程度，有效服务了实体经济的发展，提升了资本市场在国民经济中的支柱作用。在资本市场进一步对外开放的新形势下，在中国经济转型升级的大背景下，ETF 作为金融工具服务实体经济的作用将愈加彰显。

为了使投资者更好地了解 ETF 产品的设计思路和交易机制，掌握通过 ETF 进行资产配置的方法，我们虚构了"元禹"这样一个精通 ETF 的主人公，将 ETF 知识揉进元禹的投资、情感和"复仇"之路。我们希望，《ETF 王子复仇记》不仅能为读者带来 ETF 投资知识的提升，更能拓宽读者的资产配置理念和对生活真谛的认识。

寓教于乐，相信这部小说有助于在中国培养出更多秉持理性投资理念的 ETF 持有人。

目 录

第一章　学成归来　突闻噩耗

　　突然一阵急促的手机铃声响起，元禹拿起手机一看，连忙起身，边对郑教授说了声"抱歉"，边接起了电话。"喂——"话音刚落，只见元禹一向平静自信的表情突然出现了裂纹，继而面如死灰。他匆匆地又跟郑教授说了声"抱歉"，就向门口奔去。

"凤兮凤兮归故乡，遨游四海求其凰。"沙滩上，极目远望，海天相接，没有渔船，没有浮标，没有海浪。阳光静静地洒在这个叫 Barry 的海滩上，自然而又平静。滩岸上，细细的沙子随着浪花，冲走了热闹的人群，又冲回了戏水的海鸥，打破了这美好的宁静。日头渐高，太阳越来越刺眼，聒噪的海鸥越叫越大声，床上的青年不耐烦地睁开了眼睛，感觉头痛欲裂，原来都是一场梦。看着射在地毯上的阳光，又看了看手机，心里牢骚了句："天！才六点。"

青年一个翻身蒙上被子，妄图继续睡个回笼觉。可没过多久，他就迷迷糊糊地听见似乎有什么东西在扒门。不用说，一定又是"满分"饿了，青年叹了口气，挣扎着穿上睡衣。"满分"是青年和室友一起捡来的流浪猫，因为他们的房子租在了 Malefant 大街，因此便给这猫大爷取了这么个谐音，其寓意自然是不必多说。下得楼去，一路努力回忆着昨晚的事情："好像是喝酒来着……对……和室友喝的……"

　　青年一边寻思着，一边从厨房给满分弄了点猫粮，看着它发呆。满分吃了两口，似乎对今天的早餐不甚满意，便跑来青年身旁撒娇。青年不解其意，只是缓缓抚摸着爱猫。过了一会儿，厨房隔壁的房间传来声音，有人吵嚷着："来不及了，来不及了。"小伙子们陆续醒来，匆忙地冲进厨房，一眼就看见青年还在撸猫，室友宇寰急匆匆地吼道："你还不快点！今天毕业典礼，老头儿看见你迟到又要骂人了。"

　　宿醉后的青年这才仿佛一下子回了神，一拍大腿，"哎呀"一声，吓得满分从自己身上跳了起来。青年一边跑着，一边匆忙套上外套，心想，迟到了一个学期了，今天毕业典礼可不能再迟到了。天气不错，主楼前的草坪上，青年的导师郑教授迎面走来，依旧是那般庄重，仿佛这所大学近百年的沧桑都写在了脸上。他看见青年，终于展露出难得一见的微笑。青年名叫元禹，是兰卡大学的博士毕业生，和面前的这位郑教授，可谓是缘分颇深。天资聪颖的元禹从入学起就引起了郑教授的注意，两人一见如故，相识八年，亦师亦友。元禹身着纯色而不失鲜艳的学位服，一顶流苏精致的博士帽引得人频频回头，手里象牙白印刷纸和烫金"DOCTOR"字样的文凭像是历史悠久的卷轴；郑教授的博导服则略显庄重。毕业仪式过后，两人在常去的咖啡厅，点了一杯咖啡和一壶茶。

郑教授摩挲了一会儿茶杯，问道："俗话说得好，学而成者冠。祝贺你！跟着我这几年，你也不轻松。现在毕业了，有什么打算？"

元禹沉思片刻，答道："谢谢老师多年的栽培，学生很是感激。现在毕业了，我还是想做一些有实用性的研究，但具体方向，还想听听老师的指点。"

郑教授咧了咧嘴："不急，又不是逼你做选择。先喝喝咖啡，喝喝茶。"

桌上摆着一杯香气浓厚的美式，多年的熬夜经历使得咖啡对元禹来说不再是生活的调味品，而是必备品。而郑教授虽然旅美多年，但仍留着老习惯，大红袍这乍一听与这些旅居海外的学者格格不入的茶叶，却是他心头的最爱。

郑教授喝了口茶，颇为感慨地说道："以前，人们把可可加工成名叫'巧克脱里'的饮料，'巧克脱里'就是'苦水'的意思。而茶叶最早在中国传说是药用的，所谓'神农尝百草，日遇七十二毒，得茶而解之'。咖啡当然比茶叶和可可还苦。那么这些明明喝起来又苦又涩的东西，是怎么流入寻常百姓家，又流行于世界，以至于有那么多人离了它们就觉得生活寡淡无味？说不定，咖啡的好喝，就在于它的难喝。如果你选择毕业以后继续从事经济学相关的工作，那无论是看似平凡的教职，还是服务于金融机构，都无一不是用睡眠时间和预期寿命来交换现在的财富或者名声啊。”

言罢，郑教授把一本厚厚的笔记递给了元禹，笔记本微微泛黄。元禹看了一眼，嘴角不自觉带出一丝不易察觉的笑意：“老师，这应该是林师兄当时求着老师借来复印的研究笔记吧？”

郑教授面露喜色，悠悠地呷了一口茶：“嗯，当时林筑很喜欢这套笔记，我没舍得给他，现在把它留给你。不过，这个先放一边。有件事情，想必你也有所耳闻了。咱们金融工程实验室最近要招个助理，你的师兄弟们也都议论纷纷，说最合适的人选还是元禹了。当然，老师也不会强行要求什么，选择权在你自己的手上。毕竟学术是一条磨炼心性的长路，没那么容易啊。”

元禹用力点了点头：“谢谢老师！容学生斗胆问一句，这次助理招聘针对的研究方向主要是哪一领域呢？”

郑教授反问道：“你在实验室待了也有些日子了，你怎么看我的经济周期研究？"

元禹想了想："我们目前的测试已经很完备了，捕捉大数据的前提下，长周期的把握大些，但个别微观经济数据不太容易把握。"

郑教授点了点头："没错，我们研究经济周期多年，也尝试用各种方法去预测经济未来的走向。可为什么我们把公式应用到个别公司上时，公式就失灵了呢？误差？测试数据有问题？都不是。这种理论和人性之间的误差，你没法去预测。每年有那么多人去研究一个公司的发展轨迹，到头来被资本打脸的例子比比皆是。所以我才选择刨除人性的误差，研究市场指数这样的大数据。"

元禹对老师的观点并不完全赞同。他试探着摇了摇头："可……老师，研究指数的周期时间太长，我们耗不起。"

郑教授又呷了一口茶，慢慢说道："是呀，建立在投资基础上，指数的成长性是慢了些。可你还记得投资的不可能三角吗？当有一天你使用大资金去投资的时候，你还能期望这么高的收益率吗？另外我不知道你有没有注意到，目前市场上，就算是身经百战的投资经理，也未必能跑赢指数。后来出现了ETF产品，也随之迎来了指数化投资在全球资本市场的蓬勃发展。从长期来看，市场中没有人能够准确判断个股或者股市总体价格的变化。对于大多数普通投资者而言，秉持指数化投资理念，投资 ETF 产品，无疑是获取稳定收益的最好选择之一。"

说罢，郑教授又给自己满上了一杯茶。这是在美多年的他保持不变的习惯。"Coffee or tea？"答案总是只有一个的。随即，他又像想起了什么似的："你还记得，入学第一周，我给你布置的关于指数投资的历史研究吗？"

元禹点了点头："记得，当时我通宵了好几天查找相关的资料。20 世纪 70 年代，指数化投资在美国风行，特别是 90 年代以来，ETF 产品的出现进一步促进了指数化投资在全球市场的蓬勃发展。所谓指数化投资，就是以复制指数构成的股票组合作为资产配置方式，以追求组合收益率与指数收益率之间的跟踪误差最小化为业绩评价标准。其特点和优势在于投资风险分散化，同时投资成本也比较低，满足投资者追求长期收益和投资组合透明化的需求。"

郑教授挥了挥手："不是上课，不用背书。我知道你肯定熟悉《路透金融词典》对指数的定义——各种数值的综合，用于衡量市场或经济的变化，或者是用于反映某些现象的特征——这里我们就说说证券市场指数罢。"

元禹接道："跟所有指数一样，证券市场指数是指数理论在证券市场的统计学应用，它可以反映证券市场总体价格或某类证券价格的变动和走势。根据其涵盖的范围，可以把它分为反映整个市场走势的综合指数和反映特定板块证券价格的分类指数。证券市场指数通常是由证券交易所或金融服务机构编制的，单位是点数。它主要有以下几种用途——一是度量某一特定时期内市场总体或者某一组成部分的收益率与风险，并可以作为评估资产组合表现的基准；二是为资产组合理论提供风险资产市场组合的替代指标；三是提供被动投资标的，为投资者提供和市场组合相似的收益；四是作为衍生品的基础资产，丰富风险管理手段和工具。"

郑教授颔首微笑："嗯，你的定义掌握得很好，那你知不知道指数可以分为哪几类呢？"

说到各种理论知识，元禹一如既往地信手拈来："老师是想考我指数的外延吧。这确实不能一概而论，指数的分类必须从不同维度进行讨论。如果从指数的资产类型来看，证券市场指数主要可以分为股票指数、债券指数、商品指数、期货指数以及基金指数等。从样本覆盖程度来看，则可以分为综合指数和成分指数，其中综合指数主要以目标类型的所有证券作为样

本股，以反映该类型所有样本的整体表现，而成分指数则主要
从所有证券中挑选出代表性较强的部分证券构成指数的样本
股。从指数的选样标准来看，证券市场指数主要可以分为规模
指数、风格指数、行业指数、主题指数、策略指数等类型。从
指数的加权方式来看，证券市场指数可以分为价格加权指数、
市值加权指数（流通市值、自由流通市值等）、等权指数、基
本面指数等。这些不同的指数差异主要体现在复制成分股的流
动性和相关性上。"

　　元禹拿起咖啡，不紧不慢地继续说道："对普通投资者而
言，指数化投资可以说是按图索骥，静待收益。目前来看，指
数化投资是最简洁的投资，指数基金就是以指数成分股为投资
对象的基金，也就是说通过购买一部分或全部的某一指数所包
含的股票，构建指数基金的投资组合，目的是使该投资组合的
变动趋势与该指数相一致，以取得与指数大致相同的收益率。
而且——"

　　郑教授："接着说，但说无妨。"

　　元禹顿了顿："指数基金的投资方法并不复杂，策略也很
透明，完全摒除了人们情绪化投资决策的干扰。对投资者来
说，投资变得简单了，常用的策略就是买入并持有。在实践

中，投资者不需要花精力和时间去搜索买卖众多的证券，只要通过买卖指数基金，就可以买卖一揽子证券组合。从长期看，美国市场上的任何投资者选到优于市场平均收益率的主动基金的概率只有大约百分之二。因此，巴菲特先生才会多次在公开场合向投资者推荐指数基金，甚至提出'成本低廉的指数基金，也许是过去35年最能帮投资者赚钱的工具'的观点。去世不久、被誉为'指数基金之父'的投资大师约翰·博格也提出，战胜市场的最简单也是最有效的方法，就是指数化投资。"

元禹说着说着，身子向前靠了靠，一副上课时正襟危坐的样子："自从19世纪第一只证券市场指数成立以来，境外市场的指数体系日渐丰富和完善。目前形成了以标普和道琼斯、富时、明晟为代表的三类指数提供商为主要架构的指数体系。这几家指数公司的指数体系均相对较完善，而且形成了差异化竞争的格局。"

郑教授："嗯，从世界上第一只指数基金于1971年在美国诞生以来，时间确实过去得很快。美国严格意义上的指数化共同基金破土于1976年，当时先锋基金公司的'第一指数投资信托'，后来1980年更名为'先锋500指数基金'，由此起航。而20世纪七八十年代美国股票市场遭遇严重熊市，指数基金的业绩很难战胜传统的积极管理基金，导致指数基金'出师不利'，当然，投资者对其各方面优势的不了解也是它成长缓慢的原因之一。20世纪后半期开始，指数基金随着市场的好转而真正开始启动，第一只债券指数基金'债券市场整体指数基金'和第一只'增强型指数基金'都是这个时候发行的。而90年代以后，指数基金的发展更是呈现日益加速的态势。1993年，ETF这种新型的指数基金产品诞生——1994年到1996年是指数基金取得成功的三年，综合这三年的业绩表现来看，市场上91%的股票基金收益增长率低于标普500指数的增长率。指数基金这才真正站到了投资舞台的中央。"

　　元禹喝了口咖啡，接着说："标普500指数基金从1993年至今的业绩增长，充分反映了美国股市的趋势，基本上是随着美国的长牛股市而增长的。截至2017年底，即使经历了2008年的金融危机，标普500指数基金近十年的平均年化收益率仍有8.7%。而其他风格的ETF，比如美国的小盘股ETF，虽然其波动比起标普这样的大盘股要大，但是潜在收益率相对更高，而ETF投资多只股票的方式很大程度上避免了小盘股的个股'爆雷'风险。其实ETF不仅在美国开花结果，在大洋彼岸的祖国也有许多生根发芽的地方。最近看了一些国内的报道，国内指数基金的发展情况也很喜人。老师近些年有关注祖国的股票指数发展情况吗？"

郑教授眉头一挑："相对关注得少了，你给老师讲讲吧。"

元禹略微沉吟："比较早开始编制证券市场指数的机构自然是我国的沪深交易所了，其最早的成果是 1991 年发布的上证指数与 1995 年发布的深圳成指。1999 年后，我国证券市场的指数基金开始兴起，包括沪深交易所在内的市场多方力量都积极开展指数及指数化投资的研发工作。2005 年，中证指数有限公司成立，规模指数、行业指数、风格指数等传统股票指数相继发布。此外，中证指数公司还发布了固定收益指数、基金指数、期货指数等其他资产类型的指数，指数的市场范围也从中国内地的 A 股市场延伸到了香港、台湾地区市场，乃至全球市场，进一步丰富了指数体系。目前，我国的指数体系发展得很快，中证指数、巨潮指数、中债、申万指数、万得资讯等指数提供商编制了覆盖股票、债券、商品、基金的系列指数。不过这十几年发展下来，我国指数基金占总基金规模的比例仍然只有 3% 到 4%，相比于欧美等成熟市场的 30% 到 40%，仍属于起步阶段……"

元禹说得正在兴头上，突然一阵急促的手机铃声响起。他拿起手机一看，连忙边起身对郑教授说了声"抱歉"，边接起电话。"喂——"话音刚落，只见元禹一向平静自信的表情突然出现了裂纹，继而面如死灰。他匆匆地又跟郑教授说了声"抱歉"，就向门口奔去。

郑教授驱车将元禹送到了机场，摇下车窗，眉头紧锁道："你家里的事情，我感到很遗憾。本想把你一直留在身边，能多帮你一些，如今看来是不太可能了。"

元禹抬头看了一眼远处，回身对郑教授说："离开了自己待了八年的地方，我也很难过。老师您多注意身体，我这次回去只是去处理些事情，结束后尽量早些回来。"

郑教授闻言推了推眼镜，眼角的湿润一闪而过。元禹推着行李车向安检口走去，走出一段，又回头跟郑教授挥了挥手。郑教授反剪着手，轻轻地摇了摇头，又缓缓地吐出一口长气。

"学成归来啊大博士！"元禹刚走出航站楼，一名身形挺拔、粗眉大眼、西装革履的汉子就迎面而来，能掐着时间"埋伏"这么久的，也只有相识多年的陆恺之了。

元禹一脸无奈："别闹，你又不是不知道，一流本科二流硕，三流博士饿死好几个。"

陆恺之马上把行李箱拎了过去："你这可是海归优秀人才啊，总之是恭喜恭喜了。那个……叔叔的事情，唉……你节哀。"

"没事，我知道总会有这么一天，只是没想到这么早。"元禹摇了摇头，又下意识地抿了抿嘴角，"走吧，带我去住的地方。"

陆恺之把行李扔上了后备厢："好嘞！先吃饭吧，大山东已经安排好了，你这远渡重洋地回来一趟，酒管够，菜管饱。"

元禹的眉头这才舒展开："还是你懂我，羊肉和煎饼管够就行，走吧咱。"

山东饭馆里，桌子上摆着两大壶青岛原浆，这清爽的齐鲁饮品，在这金融之都，确实难得一见。元禹只觉陆恺之这几年变化很大，举手投足之间流露出社会气息，但是当年那个青涩少年仍然依稀可见。

"你这一走好些年，刚第一眼看见差一点不敢认了。"陆恺之给元禹把酒杯满上，开心得一时语塞。元禹接过酒杯玩笑道："你变化也很大，现在体型挺大嘛。来，走一个。"推杯换盏间，话匣子就此打开，两人仿佛回到旧日时光。

陆恺之："你在那边这几年，也不常带个信儿回来，这边最近几年变化很大，特别是你父亲……"

"呵，他会变？"元禹欲言又止，自顾自地喝了一杯酒。

陆恺之："我知道这几年你在那边受苦了，但父子血缘，这你改变不了。不然为什么一个电话就能把你叫回来了呢？"

"我就是好奇，回来看看感冒怎么会死人的。"元禹冷冷地道。

陆恺之："说起来是很奇怪，但法医排除了谋杀的可能，最后定性为医疗事故了。不过我觉得很蹊跷，老爷子之前身体挺好的，一个感冒就没了？再者，人是在医院没的，为什么有人急着请法医过来，还在短时间内出了份死亡报告呢？这不此地无银三百两么？"

元禹一听，微微抿了抿嘴："你是说里面有猫腻？"

陆恺之："这个啊……难说。不过当时在现场的人说，叔叔走得不太舒服，像是休克似的。"

元禹："呵，倒还真是便宜他了。"

陆恺之见他情绪有些不对，便岔开了话题："好了好了，人都走了，也该放下了。对了，之前听你说，你在国外做过ETF投资啊？最近国内这个也很火，能给我说说这是咋回事儿吗？"

元禹整理了下情绪说道："也不能说非常了解吧。就是简单做过点研究。你要是想问我赚了多少，那也没多少。我也没投太多，就一穷学生。"

"你就别跟我谦虚了，来，吃菜。"陆恺之一边说着，一边把桌上五颜六色的配菜都夹进了两张大饼里，往大酱里一蘸，递给了还在"奋战"羊骨棒的元禹。

元禹接过道："ETF这三个英文字母，对应着三个英文单词'Exchange Traded Fund'，咱们内地对这个的称呼就比较复杂了，叫它'交易型开放式指数基金'，又称'交易所交易基金'。"

"这么长一串？"

"嗯，香港地区把这个叫做'交易所买卖基金'，台湾同胞则把它叫做'指数型股票基金'，现在咱们又有新的说法了，比如上海证券交易所这些年来就提倡把它叫做指数股，顾名思义，就是用指数构建的股票，毕竟买卖起来也跟股票交易一样，只要登录你的场内证券账号，敲入六位数基金代码，买入卖出，交易就完成了，简单易懂，一听就能记住。是吧?"

陆恺之点了点头:"听起来是没那么多弯道道了，不过我还是得费点神。"

元禹露出了久违的笑容:"见招拆招嘛。咱们挨个字来理解就明白了。ETF，分别对应着'交易''指数''基金'三个不同的方面。首先，ETF是可以在证券交易所进行二级市场买卖的交易型基金;其次，它是追踪特定证券指数的指数型基金;最后，ETF是可以随时进行申购赎回的开放式基金。换句话说，因为是在交易所交易的产品，所以ETF可以像封闭式基金或股票一样实现自由买卖。"

陆恺之一听，更疑惑了:"啊?还有自己的东西不能自由买卖的啊?"

"你别着急啊，听我说。咱们股票是在二级市场流动为主对吧?但是ETF的一二级市场流通性可不一般啊。咱们投资者在一级市场上可以随时以组合证券的形式申购赎回ETF份额，即申购时投资者以ETF跟踪指数所指定的一揽子组合证券向基金管理人换取ETF份额;赎回时，以ETF份额换回一揽子组合证券。而在二级市场上，ETF与普通股票一样在交易所挂牌交易，就像我们刚才说的，投资者可以像买卖股票一样按市场价格买卖 ETF 份额。"

"这样听起来倒是理解了不少,"陆恺之喝了一大口酒,夹了一筷子炒合菜,"那你给我说说这 ETF 它都投些啥。我这几年买基金可都没啥赚头呀。"

元禹:"这也是很多投资者刚接触的时候比较好奇的事情,咱们这 ETF 到底投些什么。刚才也说了,其实就是一揽子的证券嘛。比如上证 50ETF,跟踪的就是上证 50 指数,它的标的资产包含中国平安、中石化啊这些'大票'。而且,ETF 的投资比例同指数样本中各只股票的权重对应一致。你看,买了一只 50ETF,实际上相当于买了 50 只优秀的股票,覆盖面很广吧?"

陆恺之:"有意思。不过你说,谁脑子这么灵光,想出来 ETF 这样的好东西呢?"

元禹:"这个说来就话长了,先喝点。""啪"的一声,两人新开了一瓶两斤装的青岛鲜啤,咕咚咕咚灌下去一大口。元禹继续说道:"ETF 源于 1987 年的美国股市大崩盘,你肯定也听说过 1987 年 10 月 19 日的'黑色星期一',当天美国股票市场损失了单日最大的 5000 亿美元价值。为防止股市恶性循环,市场就需要一种简单可靠、能够对冲股票组合风险的交易机制。这种需求逐渐衍生为"股票篮子"的想法，也就是说你的一次交易可以买卖一揽子股票，这样一来就能满足投资者风险对冲的需要。1990年的时候呢，美国证券交易委员会，就是SEC，发布了《投资公司法》，为可在日内发行或赎回份额的新型共同基金铺平了道路。当然了，这其中也有技术发展的重要支持，20世纪80年代后，一些交易程序拥有超强的能力去交易一个庞大的股票组合，各个交易所的交易技术也逐渐更新。通过使用商品期货交易中常用的'期货转现货'（EFP）的交易模式，股票投资组合（多头或空头）与股指期货（多头或空头）之间也可以进行组合交易。因此，组合交易和指数期货的套利交易成为ETF创新理念的基础，随后随着越来越多的机构投资者采用组合交易和套利技术，市场兴趣也越来越浓厚，从而直接推动了可交易组合证券产品的创新，而ETF无疑是其中最成功的创新产品之一。"

元禹顿了顿，又灌下半瓶鲜啤："1989年，ETF的前身——指数参与份额，又叫IPS，在美国证交所和费城证交所（PHLX）上市交易。它完全是一个合成产品，选取了标普500指数为标的，相对比较简单，也是当时最活跃的指数合约。不过，这IPS最后夭折了，因为芝加哥商品交易所和商品期货交易委员会认为它是期货合约，对美国证交所和费城证交所提出了诉讼。但是呢，一个 IPS 倒下去，还有千千万万的指数型产品站起来。"

陆恺之想了想，不禁感慨道："美国投资者这么热情呢！"

元禹："金钱永不眠嘛。不仅在美国，美国的邻居加拿大那边也兴起了一波指数产品的潮流。当时，多伦多证券交易所推出了基于仓单的、追踪多伦多所 35 指数——TSE-35——的指数参与份额，就是 TIPs。那个产品特别火，不仅加拿大国内的投资者玩，国际上也有不少投资者感兴趣。但最著名的，还是美国证券交易所于 1993 年推出的全球第一只真正意义上跟踪标普 500 指数的 ETF——标准普尔存托凭证 SPDR，并由美国道富金融集团公司管理，至今它仍是世界上最受欢迎的 ETF 产品之一。SPDR 火起来以后，特别是 2000 年以后，全球的 ETF 产品开始进入快速发展期，拥有各类投资标的和不同投资策略的 ETF 产品逐渐出现。"

陆恺之："那这 ETF 就是设个基金去投资一大把股票呗？这也没啥技术含量啊，就像你说的，本质上就是不要把鸡蛋放在一个篮子里。"

元禹："那可不是你想象的这么容易啊，不然最厉害的指数那不就是搞个'中证 3000'了？ETF 本身就有很多种类，根据产品机制设计能分成好多类型，根据不同的投资目标进行调整，包括债券、商品合约等不同投资标的，也包括了杠杆、反向等不同的投资方式。你看，2000 年，第一只债券 ETF 产品 iShares 在加拿大成立；2003 年 3 月，第一只商品 ETF Physical Gold 在澳洲成立；2003 年 7 月，第一只货币 ETF Goldman Sachs Liquid BeES 在印度成立；2005 年 2 月，第一只杠杆 ETF XACT BULL 和反向 ETF 产品 XACT BEAR 同时在瑞士成立；2005 年 8 月，第一只主动管理的 ETF 产品 iShares CAN Fincl Monthly Inc Adv 在加拿大成立；2005 年年底，第一只外汇 ETF 产品 Currency Shares Euro Trust 在美国成立，它绑定的货币种类为欧元。"

陆恺之："这么多啊，听得有点头晕。"

元禹："确实挺多的，经过这 20 多年的发展，ETF 已经成为创新产品繁多的'大家族'。目前来看，市场上的 ETF 包括商品、混合、固定收益、股票、另类投资、货币这六大类。其中，商品 ETF 又可以分为农业、能源、贵金属、工业材料等多种 ETF 产品，单是农业 ETF 产品又可以分为小麦、糖、大豆、棉花、咖啡等。多种多样的 ETF 啊。"

陆恺之："有点意思，单农业就能分为这么多种种类！"

元禹："是啊。自从 2004 年第一只黄金 ETF 问世以来，商品类 ETF 就成为了全球投资者的热门投资标的，普通投资者也可以通过二级市场买卖此类 ETF 进行大宗商品的交易。使用商品期货复制指数收益可以说是 ETF 产品创新的一大突破。之前 ETF 只能使用一揽子股票来追踪指数，现在追踪方式非常多样了。此后出现的放空型 ETF、杠杆型 ETF，都运用了商品期货的灵活性与便利性。"

陆恺之："哈哈，确实厉害。我之前听说还有跨境 ETF，能直接投资境外的股票，这听得我心痒痒，想着什么时候能够抄底外国股市呢……"

元禹打断了陆恺之："也不能说就是直接投资境外股票吧，但是这类 ETF 确实能让境内投资者在境内证券交易所参与境外证券市场。这样境外的 ETF 能够跨境吸纳更多资金，有效扩大资产规模和国际知名度。"

陆恺之："我听着就是一个意思，哈哈。来，为我以后抄底外国股票干一杯。"

元禹："来，干！"

陆恺之："这历史故事听起来是不错，但现在这 ETF 市场发展得如何了?"

元禹:"一直以来 ETP 产品都是稳健增长的状态,这个 ETP 包括 ETF,也包括在交易所上市交易的其他产品。回溯 ETF 的发展历史,它经历了一个算是比较复杂的发展历程。直到 2000 年,ETF 的个数也只有 100 多只,规模还不到 2000 亿美元。2000 年到 2005 年期间,ETF 产品在种类上大幅创新,逐渐从 200 只发展到了 400 只,甚至是 500 只,每年的增长规模都是近千亿美元。2008 年金融危机的时候,全球证券市场平均跌幅高达 42.1%,但 ETF 资产规模仅缩水 10.8%,完全可以说是'逆境中生长'。你又不是不知道在'天雷滚滚'的情况下,投资者也担心'踩雷'啊。买一筐子鸡蛋回去,总不能都是坏的吧?咱们用数据说话!截至 2017 年年底,全球 ETF 产品已经超过 6354 只,净资产规模超过 4.75 万亿美元,12 年内年均复合增长率超过 22.5%,是全球金融市场上规模增长最快的产品。截至 2019 年 1 月,全球 ETF 资产总量更是超过了 5 万亿美元。"

陆恺之点了点头:"听起来确实厉害,但是我还是没太明白,可以投资的产品品种这么多,你们金融人士怎么就觉得 ETF 非常好呢?"

　　元禹："这个问题问得好啊，指数虽然听起来高大上，但是离我们也很近。把'指数'摊开了说，就是指数化投资实际上投资的是一揽子的产品。往简单了说，就是'不能把鸡蛋都放在一个篮子里'。往复杂了说，就是通过分散风险和增加投资品种，提高潜在收益。它一方面有股票投资、基金买卖的便利性，另一方面又降低了相对于股票投资单一性和不确定性带来的风险。"

　　元禹放下筷子，接着说："咱们先说ETF跟股票的差别啊——首先，单一股票的投资风险相对集中，而ETF作为一揽子证券组合，自身风险在一定程度上得到分散。根据有效市场理论和证券组合理论，投资者通过选择个股能有效分散投资风险。"

　　陆恺之翻了翻白眼："指数化投资是死的，还能比人投资厉害呢？"

　　元禹："你还是一如既往地喜欢打岔啊，不过还真是这个道理。根据有效市场理论和证券组合理论，投资者通过选择个股很难有效分散投资风险，国外的长期经验也表明，主动型投资不能长期地、稳定地获得超越股票指数的收益。所以啊，回到咱们刚才说的第一点，投资者与其耗费大量精力、财力选择个股，还不如直接投资 ETF。此外，ETF 有一级市场申赎和二级市场交易两种投资方式，而股票上市后只能通过二级市场进行买卖。也就是说，ETF 和股票的价格都会受到二级市场的供求关系的影响，但 ETF 所具有的一、二级市场套利机制使其价格通常会围绕基金份额净值波动，从而不会出现大幅度的偏离。最后一点，也是很多国内投资者刚接触 ETF 时比较感兴趣的，就是通过 ETF 可以实现 T+0 交易。"

陆恺之："T+0 交易？你小子可别骗我，咱们这些小投资者盼了这么久的东西从来没听个响儿。"

元禹："当然不是说 ETF 可以直接 T+0 套利了，但是投资者在一级市场申购获得的份额可以当天在二级市场卖出，也就是说多数 ETF 可以在一、二级市场之间实现 T+0 交易。除了这三个我说的区别以外，ETF 跟股票还是有很多相似的地方的，特别是在二级市场的交易机制上，ETF 份额在二级市场的买卖与股票完全相同，投资者可以像买卖股票一样在二级市场买卖 ETF。"

陆恺之："ETF 拥有的这些优势，是不是和公募基金什么的也一样啊？"

元禹："这你可就想多了。虽然 ETF 跟传统的开放式基金一样，一般由基金管理公司以公募的形式管理，并且也是在每个交易日根据基金所持资产净值进行估值，但是跟开放式基金比起来，ETF 的特点又很显著。"

说到这里，元禹微微打了个饱嗝，这中国胃算是填满一大半了，肉里滋滋冒出来的热油真让人满足。他停顿片刻，又继续给陆恺之上课："第一，交易模式不同。ETF 的基金份额可以在证券交易所的二级市场进行交易，份额持有人之间所形成的买卖价格主要根据市场供需情况和交易所的交易制度确定，是已知价交易。相比之下，一般开放式基金只能在一级市场进行申购赎回，而且采用现金方式进行。基金管理公司每日估算申购赎回的价格，并由基金托管人核实基金份额净值，是未知价交易。

第二，ETF 不同于公募基金的地方在于它采用组合证券的形式进行申购赎回。别看这一方式听起来很麻烦，但由于 ETF 存在特殊的实物申购赎回机制，所以投资者能够在二级市场的交易价格与基金份额净值之间存在差价时进行套利交易。

第三，ETF 和一般开放式基金的投资管理方法、投资目标都不同。一般开放式基金是由基金管理人进行个股选择、行业配置和资产配置，也就是咱们常说的'主动式管理'，而 ETF

采用的是被动式的指数化管理。ETF资产中的证券组合、权重配置都与所跟踪的标的指保持高度一致，也就是以追求相对于标的指数跟踪误差最小为投资目标。

第四，两者的交易费用不同。ETF的交易费用比一般开放式基金低。开放式基金在申购时一般要收1%到1.5%不等的手续费，赎回时则需支付0.5%左右的手续费，而ETF买卖的手续费不超过0.3%。除了在二级市场买卖需要支付少量佣金外，它没有印花税的压力，进行申赎的费率也很低。"

陆恺之："没有印花税这点对于反复交易的人来说确实能省不少。但是有一点我没听明白啊，ETF追求的是复制指数，但指数这东西靠谱吗？我还是不太清楚我投的到底是个啥玩意儿啊。"

元禹点了点头："这是我想说的第五点。ETF的透明度远比一般的公募基金要高，你完全不用担心不知道自己投的是什么。这是因为一般开放式基金不需要每日做有关基金资产组合的信息披露，只要每个季度或者每半年披露一次就行，但是ETF资产中所持有的股票成分、权重情况在每日申购赎回清单中都会被充分披露，日间也实时公布份额净值，你每天都能一清二楚地了解ETF所包含的一揽子股票的构成。"

陆恺之："怎么觉得你读完这博士以后，嘴皮子比以前厉害多了，不输销售啊。我猜，肯定还有第六个好处吧。"

"有的有的，你还想听啊？那先让服务员给这锅羊蝎子加点汤吧，哈哈。"元禹招呼完服务员，转过头来继续说道，"最后一点，是交易机制上的明显优势。大多数 ETF 能够在一、二级市场之间实现 T+0 交易，投资者在一级市场申购获得的份额可以当天在二级市场卖出，赎回份额的资金当日可用，次日可取，资金使用效率较高。而对于一般开放式基金来说，投资申购的份额通常 T+2 日后到账，赎回份额的资金则需要至少 3 日才可以到账，资金使用效率相对较低。"

陆恺之："牛啊！说完开放式基金，肯定还有封闭式基金吧，这两者又有啥不同呢？"

元禹："哈哈，基本上可以概括为三点吧。第一，交易机制不同，我刚说过，ETF 采用的是一级市场申购赎回和二级市场买卖相结合的交易制度，有套利机会的同时，也会使得 ETF 的净值与市价长期趋于一致，一般折溢价比较低；而封闭基金却只能在二级市场按照市场价格进行买卖，通常存在较大折价。第二，封闭式基金的份额规模是固定的，在存续期间不会发生变化；而 ETF 的规模会随着投资者的申购赎回行为而发生增减。并且，封闭式基金一般有固定的封闭期限，在封闭期过后，或者转型成为开放式基金或者清盘；而 ETF 一般没有固定存续期限。第三，与公募基金类似，ETF 的资产组合透明度要高很多。其实，有一点很容易被大家忽视，ETF 因为存在一、二级市场套利机制，所以流动性较好；封闭式基金的交易则主要取决于基金的规模和买卖双方的交易活跃度，加上封闭式基金折价率较高，所以流动性较差。

ETF 和 LOF 的比较才有意思呢。LOF 是另外一种基金，它是一种既可以在场外市场进行基金份额申购赎回，又可以在交易所，也就是场内市场，进行基金份额交易和基金份额申购或赎回的开放式基金，是我国证券投资基金的一个本土化创新。ETF 和 LOF 都跨两级市场，既可以在一级市场申购赎回基金份额，又可以在二级市场上自由买卖基金份额。按照我们前面说的一二级市场价格偏离，两者都存在理论上的套利机会。同时，相比传统基金，它们都具备较强的流动性，究其原因，正是这跨两级市场的交易模式。"

陆恺之连忙摆手："慢点，慢点。你这'车'开得也太快了！刚才还说 ETF 怎么怎么好，现在又扯出个 LOF 来，这还带买一送一的？"

元禹："这两者虽然在很多方面相似，但是也存在很多区别。首先，它们的申购赎回机制就有很大不同。ETF 一般要求投资者以一揽子成分股票进行申购赎回，而 LOF 的申购赎回则是与普通的开放式基金一样，按照基金份额净值确定价格，且采用现金方式赎回。ETF 的申购赎回是即时确认的，也就是投资者可以把当天申购获得的份额在二级市场上出售，但是不能赎回；而 LOF 的申购赎回要下一个工作日才能确认，效率较低。其次，两者的套利机制的效率不同。虽然从理论上看二者都存在套利机制，但是受限于套利花费时间的长短，ETF 实施套利的效率较高，LOF 实施套利的效率较低且难度较大。你可能不相信，ETF 套利一天内就能完成，投资者能在较小的波动内成功实现套利；而 LOF 的套利则需要跨系统转登记，整个套利过程少说也得两天时间，这两天内的市场波动风险就只能由投资者自己来承担了。"

陆恺之："这样一看，比起 LOF，还是 ETF 的套利机制效率更高啊。"

元禹点了点头："不仅如此，因为 ETF 可以实时套利，一般情况下全日折溢价率较低，而 LOF 基金则因为申购赎回按收盘净值结算，所以 LOF 套利只能看收盘时价格与净值的价差，无法实时套利，日间折溢价率较高。因此，ETF 在套利机制效率上的优势使得其自身的折溢价率通常比较低，基金价格与基金份额净值更为贴近。"

元禹似乎想起了什么，又说道："忘了还有个重要区别了，ETF 申购赎回的基本单位比较大，通常只有资金实力雄厚的机构投资者才能参与；相比之下，LOF 申购赎回的基本单位为 1000 份，起点较低，中小投资者都可以参与。此外，还有一点不同是，ETF 在二级市场上每 15 秒提供一次基金参考净值，而 LOF 的报价频率就没有这么高了，通常一天就能提供一次或几次基金净值。"

陆恺之干了杯中的酒，咂了咂嘴，喊道："服务员，再加两盘酒鬼花生。"他眯着眼睛，靠在大椅背上若有所思："买卖价格、申赎方式、折溢价率、流动性、报价频率、交易渠道、最低交易起点、管理方式、是否可以卖空、投资组合变动频率、投资组合透明度，居然有这么多方面的不同，真的是高深莫测啊。"

元禹微微摇了摇头："不复杂。教你个好方法，要是有谁问你 ETF 有什么好，你就给他说这五'省'——省事、省心、省钱、省时、省力。"

"哈哈，你这洋博士，歪道道倒是挺多的。"陆恺之边说边把酒满上，"这'五省'又有什么说法呢？"

元禹："省事，是指 ETF 可以解决投资者的选股难题。目前，咱们沪深市场上的股票超过 3500 只，到底哪一只才是真正能赚钱的呢？中小投资者由于自身所处的信息劣势，常常亏钱。不是说'七亏二平一赚'嘛？ETF 就能有效地解决选股的难题，避免咱们一般投资者只赚指数不赚钱的情况。前面也说过，ETF 是完全被动地复制、跟踪目标指数，这样分散化投资就免去了个股选择的问题。这一优势体现最明显的，就是 ETF 防'踩雷'的功能上，你说一只股票'踩雷'也正常吧，但是几十只、几百只股票都'踩雷'？那是对资本市场没自信啊。

省心，其实跟省事很相关，因为免去了个股选择的问题，比起主动管理型基金，ETF 免去了对基金经理的依赖。传统的基金主要依靠基金经理对股票的分析来做出买卖决定。因此，基金经理的投资运作水平和道德风险等因素都会对基金的绩效产生影响。而 ETF 是被动跟踪复制指数运作的基金，买卖决定不依赖基金经理的个人意向；同时，ETF 的透明度非常高，运作方式又比较简单，整个运作管理模式采用基金持有人、基金管理人、基金托管人'三权分立'的模式，彼此可以互相监督和制约，三者分别负责基金的管理和运行、基金资产的存放和保管以及资金资产的持有人职责。而且，ETF 的交易每 15 秒就会更新基金份额参考净值，就是 IOPV，供投资者参考，让投资者能随时掌握其价值变动，并因为其交易机制而能够随时以贴近基金净值的价格买卖。"

陆恺之："唉，你这又说了好几百页 PPT，那'省钱''省时''省力'又是啥呢？"

元禹："省钱是指 ETF 的交易成本低廉，毕竟它的管理费低，交易成本也低。管理费低很容易理解吧？毕竟基金经理只需根据指数成分变化来调整投资组合，不需投资者为其支付投资研究分析的费用。同时，指数化投资倾向于长期持有购买的证券，区别于主动式管理因基金买卖形成高周转率而必须支付较高的交易成本，指数化投资不主动调整投资组合，周转率低，交易成本自然降低。一般情况下，ETF 基金的管理费率是 0.5%，托管费率是 0.1%，没有申购赎回的费用。同时，在二级市场交易时，ETF 只收取不超过股票交易的佣金，并且既不需要缴纳印花税，所获得的基金分红和差价收入也免缴分红所得税。

省时也很好理解，ETF 的资金使用效率在众多基金中是最高的，第一，ETF基金进行二级市场买卖时，随时可以按照实时交易价格成交，无需等到收市后进行结算，而普通的开放式基金申购赎回均按未知价进行，只能按交易日收市后的净值计算。第二，普通的开放式基金赎回需要4—7个工作日资金才会到账，而ETF在二级市场卖出后资金当日可用，第二日可取，并且在一级市场赎回ETF后得到的组合证券也可按照相关交易规则即时卖出。

至于说ETF省力呢，是因为ETF有一二级市场灵活的交易价值，它在牛市中，不会像其他开放式指数基金那样，因为不断涌入的新增申购资金影响了基金的跟踪效果，在熊市中则因为买卖灵活而使得投资者在下跌过程中能及时通过二级市场卖出、避免较大损失。"

两人酒过几巡，越聊越火热。

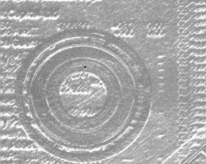

第二章　同剪西窗　互诉冷暖

"我不管怎么恨他，这也是他打下的江山，如今旁落他人

之手，我肯定得查个明白。不过……"

陆恺之喝完一杯酒后，欲言又止。沉默良久后，他终于开口："唉，元禹，有件事我也不知道该不该和你说，说了你要是不爱听，就当我喝多了。"元禹先是愣了一下，然后闷了一口酒，拿纸擦掉嘴角的沫，说道："你说吧，我大概能猜到。"

"那我可就说了啊。"陆恺之道，"你这一走这么多年，可以说是音讯全无，跟大家也是一幅要老死不相往来的样子。我知道你恨你父亲，可我还是希望你能原谅他，毕竟他是你的父亲啊。"

元禹不屑地笑道："你这说的……难不成是他托梦请你当说客来着？"陆恺之急忙解释道："当然不是，元禹你可别误会我。我只是心里有点……哎……你不知道，其实叔叔内心一直很内疚。你母亲去世后，他就一直在找你。他戒了赌，跟人合伙开了个小作坊，没日没夜工作，终于把作坊做成大厂，也赎回了你家的宅子。他是真的想弥补这一切。这些年，他几次托人去国外联系你，想找你回来，可你都没有回应他。你要知道，一方面他其实挺孤独的，另一方面还要照顾你的感受。"

　　的确，元父生前曾好几次托人找过元禹，元禹都避而不见，当年背井离乡去异国求学时，元禹早在内心与父亲决裂。"回应他？你让我怎么回应他？"元禹说着，握杯的手愈发用力，摇了摇头，一饮而尽。他吐出一口气，酒杯迟迟不肯放在桌上，边把玩着边说道："当时我妈去世完全是因为他。祖上留下这么大个家业，他却嗜赌成性，把家赌没了不说，还被追债的拿着刀追上了门。追债的拿着刀在我家门口砸门，我和我妈躲在卧室不敢出声，只能偷偷报警。我妈当时终日以泪洗面，最后含恨而终，我那时才9岁。9岁啊！你知道吗！"

　　陆恺之安慰道："元禹，这些情况我也不是不知道，那几年你和你妈妈还来我家躲过那些追债的。错确实是在你爸，他错就错在没管住贪念。这些年他一直是在悔恨中度过的，他总是和身边的人说对不起你妈，对不起你。后来他改过自新，东山再起，也是靠的这点执念，这也算他浪子回头，都过去了吧？"

　　元禹想反驳，却又不知道再怎么去说他眼中这个坏透了的父亲，于是说道："提这些干嘛，他后来做那么多，无非是爱惜自己的羽毛罢了。所谓的愧疚、补偿，也就是想安慰一下自己，他心里压根就没有我和我妈。你知道我这些年怎么过来的吗？我的童年到国外的那一刻就结束的，那时我年纪那么小，生活在美国寄宿家庭，人生地不熟，有钱都不知道怎么花。别人家的孩子每天回家有父母做好饭菜等着，而我从小学开始就没有父母接送了，同学把你当异类，放学路上还要受当地小孩欺负……我不想回忆了，这些年我受的这些你知道吗？他知道吗？"

尽管很想再替叔叔说几句好话，但陆恺之又不忍心再让元禹回忆那些伤心过往，于是又端起酒杯，打断了元禹："好啦好啦，就说你不爱听，来来来，喝酒，喝酒，不提以前那些破事了，我不劝你了。"

就着熟悉的山东菜，两人又是几杯下肚。元禹也不想再谈以前的糟心事，于是关心起陆恺之来："不说我了，说说你吧。最近怎么样？看你这又是名牌西装，又是高级腕表的，小子混得不错啊？"

陆恺之："哪里啊。那时候我刚毕业，正愁找不到工作呢，你爸看我可怜，就让我来公司帮忙，这不正好是拉了我一把吗？而且叔叔直接把我安排进了投资部干了两年，还让我牵头组建了一个投资公司。你知道的，我大学学的金融学，研究生学的投资学，叔叔安排的工作刚好跟我的专业对口，可以说是对我有知遇之恩啊。我毕业那年刚好赶上金融行业发展不好，很多金融企业又在裁员缩招，要不是叔叔，我现在指不定在哪个银行网点坐柜或者在哪条街上给人推销保险呢。"

元禹一脸不屑，甚至有点嘲讽："呵，这个老狐狸，这不是连哄带骗把你忽悠过去了吗？什么公司，什么主管，一个破产跑路老板拉人建立的草台班子，能有多少业务？你去了不是做了好几年光杆司令吗？说是部门主管，手下一个兵都没有。我要是你，宁愿去坐银行柜台、卖保险，以你的能力和干劲，在哪儿干都能出头的，何必寄人篱下给这老狐狸当廉价劳动力呢？掉面子！"

陆恺之笑道："生意人嘛，都这么精明，不然怎么做老板啊？而且，你看现在公司多元化、集团化发展之后，咱们这个投资公司一跃成为了整个集团最重要的分支机构。而且咱们集团不也上市了吗？我们每年的贡献可也是不少啊！哈哈。"

确实，陆恺之小时候就聪明过人，听说后来在大学也是叱咤风云的大学霸。尽管公司是他厌恶的父亲开的，但元禹还是对陆恺之充满了感激和谢意："哎……那还真是难为你了，一个烂摊子，全亏了你才能起死回生啊。"

陆恺之被夸得不好意思了，笑道："哈哈，哪里哪里，你这是言过其实，过誉了。一个企业的发展，当然要靠撸起袖子加油干，但是也要考虑到历史的进程。你父亲这公司能起死回生，可不是靠我妙手回春，更多的是搭上了国家这十几年高速发展的便车，不然哪行啊。"

"的确啊，我在国外这些年，正是咱们国家改革开放热火朝天的时候，国内消费、对外贸易和各类投资每年都在高速增长，吸引了全世界的目光。那老家伙要不是赶上改革开放的大潮，哪有他咸鱼翻身的机会！"元禹又问道，"对了，你们公司现在怎么样啦？现在都是上市企业了，你手底下可都是精兵强将了吧？"

说到这里，陆恺之的笑容渐渐消失，叹了口气。元禹隐约感觉到，情况可能没有他想象的那么好，忙问道："怎么了？情况不妙吗？公司发展是不是出了什么问题？"

陆恺之一脸无奈："这倒也不是，集团上市之后资金充足了很多，各项业务开展得很不错，很多研发和新业务都能快速推进了。不过……就是人事上有了些变动。之前你父亲在的时候还好，什么事都放心让我一个人做。现在……一方面，没人给我指路，另一方面，人事变动导致我进退维谷，很多投资决策我没法一个人定。"

元禹安慰道："确实，市场行情瞬息万变，波谲云诡，稍不留神就会决策失误，损失惨重。即便是行情好的时候，决策不当甚至也可能会出现'赚了指数不赚钱'的惨剧。"陆恺之好奇道："什么叫'赚了指数不赚钱'啊？"元禹不紧不慢说道："所谓'赚了指数不赚钱'，就是说市场普遍上涨，连指数都涨了你还选错了股，这时候你连大盘指数都跑不过，你说气人不气人？"

陆恺之："对了，你刚刚不是说到 ETF 投资嘛，我还有点印象，我之前关注过一个综合指数 ETF，有点像一只大股票，不过我觉得它的涨幅不大，还不如去赌一把买买个股呢。"

元禹笑道："赌一把？你可别学那老东西，投资可不是赌博。而且，你这说法就不完全对。做 ETF 投资不是完全被动，品种的选择也会体现出你的投资水准。你知道吗，除了跟踪大盘指数的 ETF，还有很多其他种类的 ETF。比如行业 ETF，它跟踪的是某个行业的股票价格平均表现，再比如主题 ETF，它跟踪的是某个主题的股票的平均价格表现。"陆恺之一脸惊讶，仿佛打开了新世界的大门："原来还有这些啊！那岂不是我看好哪个板块或者哪个行业，就直接买对应的 ETF 就好了？"

元禹大笑道："对的！聪明啊恺之！ETF 投资的一大好处就是你买 ETF 相当于一下子买了对应行业或板块的一揽子股票，根本不用耗时、耗力地去挑选股票。只要这个板块、这个行业或者主题整体是涨的，你就能从中获得收益。"陆恺之惊呼："对啊，那么多股票，怎么研究得过来呢？想想我这每天蹲在办公室花十个小时去研究那些我感兴趣的公司，也只能研究个大概。市场瞬息万变，等研究完，又有新的情况发生了，时间根本来不及。"

陆恺之一点就通，元禹十分欣慰："对的。投资个股的话确实选股难度很大，有了 ETF 就会不一样了。只需要把自己感兴趣的板块研究清楚就好了。毕竟，研究板块可比研究个股要轻松得多，而且不像个股那样容易受个体事件影响。个股不知道什么时候爆出个丑闻，那你可就踩到'雷'了。"对此，陆恺之无比赞同："确实啊！我之前一直很看好生物医药板块，所以买了两家龙头疫苗公司的股票，结果上个月这两家公司突然同时被曝光疫苗造假的丑闻，我就被套牢在里面了，每天一开盘就跌停，卖都卖不掉，真的是愁死了。"

　　听到陆恺之栽跟头的惨案，元禹真的是哭笑不得，最终还是没忍住："哈哈，你要是早知道 ETF 就不会有这种惨剧了！陆恺之啊陆恺之，你也算是摸爬滚打多年的投资'老司机'了，没想到还是在阴沟里翻了船！"陆恺之轻捶好兄弟的肩，假装生气道："谁让你不早点回来教教我啊！对了，这个 ETF 投资绩效如何呢？你刚刚说这东西在国内已经有一些年头了，是不是业绩表现不太好？要是能赚大钱，我会不知道？"

　　元禹调笑道："陆恺之啊陆恺之，你这还专业的投资经理呢，怎么也跟小散户一样只被赚钱效应吸引啊？你这还硕士研究生毕业，专业性到底够不够啊？"陆恺之面露尴尬，只好笑道："怎么说呢？我也不想啊，做投资的时候，谁又能做到绝对的理性呢？人性的弱点不就是追涨杀跌嘛？"元禹笑道："这就是你'翻船'的理由吗？哈哈。说实话，个股市场中小道消息满天飞，真真假假迷人眼，国内市场更是如此。一旦有哪只股票连续上涨几天，碰上谁放个风，个人投资者肯定蜂拥而至，股价继续追高，但实际上很多投资者在这种狂热中忽视了自己建仓的时候可能已经是高位接盘了，获利的往往是那些先期进入的投资者，跟风者往往输得一败涂地。"陆恺之急忙点头："就是羊群效应，对吧？"

"对的。不过很奇怪的就是国内指数这些年一直在涨，却很少有投资者这样关注过它。不知道这是不是因为国内市场散户占比太多的缘故。其实很多股指或者ETF的涨幅都很不错。比如，你看看沪深300指数，它由上海和深圳证券市场中市值最大、流动性最好的300只股票组成，汇聚了各行业龙头，例如大家耳熟能详的格力、茅台、伊利和各大银行等，可以说是代表了我国的'核心资产'，综合反映了中国A股市场上市股票价格的整体表现。投资沪深300ETF相当于投资中国'核心资产'，具备长期投资价值。你知道它这些年来的涨幅吗？"元禹问道。

这些年来，陆恺之一心扑在公司的业务发展上，只关注了跟公司业务相关的十多只个股，对于大盘的印象，自然也是不太清楚了："大盘啥的，我真不太清楚，不过光从点位上来看，确实整体是上涨的。"元禹夹了口菜，不紧不慢地说道："我跟你讲，那可不仅仅是上涨这么简单，我之前在学校的时候导师让我研究中国市场。我看过相关数据，从2005年到2017年，沪深300指数在13年间的年化收益率达到11.3%。这是什么概念？不仅稳健，而且不到 7 年资产就能翻倍，这对大部分投资者来说都是一笔很可观的收入了。其他的比如上证 50，今年也涨了 20％多，投资者要是早知道这些指数都有对应的 ETF 产品，哪还用费尽心思打听各种十八手的小道消息去买个股，不仅可能被假消息忽悠，而且还有可能踩到'雷'，到时候可真是哑巴吃黄连——有苦说不出啊。"陆恺之十分惊讶："这么厉害啊？我都关注个股去了，说实话大盘指数还真没太在意。不过这倒也不奇怪，沪深 300、上证 50 指数的成分股都是国内市值、流动性排名靠前的大公司，都挑大个子出来比，当然表现好啊。"

元禹听到这，笑道："恺之啊，这你就说错啦，刚刚说的沪深 300、上证 50 的例子都算是比较保守的例子。你知道中证 500 吧？它的成分股都算不上大公司，都是在市场上市值排名 301—800 名的中盘股票，过去 13 年中证 500 的指数年均增长率甚至达到了 15.2％，13 年翻了快 5.5 倍，表现可比刚刚给你说的沪深 300 厉害多了。"陆恺之一脸的疑惑与不解："为什么啊？那些大公司这些年来不都是快速增长吗？那些小公司来的来去的去，我记得还有几家以前的中证 500 成分股公司甚至被 ST 了啊，这些个中盘股怎么干得过那些超级公司啊？"

　　元禹解释道："我觉得有两点原因吧，这些大盘股市值都很大，同样的资金进去可能对它们的价格影响就相对比较小了。另外一点很重要，就是指数的编制方式决定了很多指数能够长久不衰。比如中证500、沪深300这类指数，每半年都会调整一下，这就保证了这个指数的成分股质量。如果像你说的那样，出现了被ST甚至被退市的'害群之马'，肯定会从成分股中被剔除，再把符合标准的其他公司加进来，保证整个指数的稳定。"陆恺之这才恍然大悟："原来如此！小小一个指数，没想到居然还有这么多门道！你今天可是让我茅塞顿开啊！"

　　"哪里哪里，什么茅塞顿开，你的商业吹捧能力真是炉火纯青，不愧是在商界摸爬滚多年的老手啊！"陆恺之崇拜的眼神让元禹都有点不好意思了，"其实，不仅我们是这样，美国的指数也是一样，比如你去看看美国的标普500指数，20世纪80年代它的前十位成分股大多是一些石油企业，如壳牌、美孚等，等到90年代，前十大成分股又变成了可口可乐、沃尔玛、飞利浦等消费类龙头企业。你猜猜到了现在，标普500的前十大成分股应该是什么了？"陆恺之想了想最近这些年美国的明星公司，回答道："我觉得应该是苹果、微软这些科技企业吧？"元禹拍了拍桌子："聪明！你看看，拉到一个较长的时间线来看，指数的构成可以说是紧跟着时代的脉搏，追随着当时历史条件下最优秀的那些行业和企业，这说明了什么？指数这种定期调整的机制使得它的成分股都会把好的留下来，坏的踢出去，优胜劣汰，新陈代谢，从而实现经久不衰。"

听到"经久不衰"几个字，陆恺之的眼睛简直要放出光："那这么说有了这种机制，指数肯定只涨不跌咯？"元禹大笑道："恺之你醒醒！你这做梦呢，想得也太美了吧！怎么可能有这种好事？指数虽然比个股稳定，但也是有涨有跌的，这跟大环境的关系比较大。行业ETF、主题ETF更是如此，没有哪个行业是长盛不衰的，因此它们这类ETF虽然能减少个股'踩雷'的风险，但是本身的波动率也较大，还是存在一定风险的。"

陆恺之向来都是一个风险偏好者，刚毕业那会，元禹的父亲放心让他试试身手，他三个月内操作了一系列外人看来风险很高的投资，结果却赚得盆满钵满，让公司一帮质疑他的老员工心服口服。陆恺之十分自信："投资嘛，当然是高风险，高收益！既然行业、主题类的ETF波动稍微大一些，那不就意味着对后市比较有把握的时候去买行业或主题ETF，这样有可能获得比较高的回报？"

　　对于陆恺之关于风险和收益的理解，元禹表示赞许："可以这样说吧，当然是风险与收益成正比。你可以看看近两年的行情，有些比较火的行业 ETF 一年甚至能涨到快一倍，虽然风险较大，但是如果把握得当，还是值得一试的。"元禹话音刚落，陆恺之急忙又问道："那 ETF 投资究竟需要注意什么？它跟其他资产比起来，有什么需要注意的风险点吗？"陆恺之的一连串提问，快让元禹招架不过来："恺之啊，你是十万个为什么吗？你先让我喘口气……你不也专业做投资的吗？你觉得会有什么风险点？"

　　被这一反问，陆恺之也挺不好意思，自己确实是求学心切了："要我说啊？我觉得应该有市场风险吧，尤其是股票这种 ETF，毕竟都是追踪一揽子股票价格，股票价格波动的话相应的 ETF 也会有波动吧？"元禹吃着菜，点了点头："对的！这就是 ETF 的市场风险，刚刚跟你说了那么多 ETF 的优点，虽然说相对于直接购买个股而言，我们买 ETF 能够有效地分散风险，并且能利用指数编制的优势，可能有利于风险控制，但是收益风险仍然是存在的。分散投资虽然能够在一定程度上消除来自个别公司的非系统性风险，减少'踩雷'的可能性，但市场的系统性风险仍然无法消除，所以你可以看到在千股跌停的时候综合指数也会下跌，某个行业整体处于下行期的时候对应的行业 ETF 也会跟着下行。"

陆恺之点了点头，若有所思："哦——这个还是很好理解的，除了这个风险应该没有其他风险了吧？"元禹提醒道："当然不是啊，你还记得 ETF 的全称吗？""那当然！"陆恺之不假思索，"不就是那啥……交易型开放式指数基金吗？"元禹补充道："尽管我们通常把它叫做指数股，但从本质上来讲它是一个基金，所以除了成分股的市场风险，它还有基金本身的一些风险点，比如基金公司的管理风险、基金份额不稳定的风险、上市基金的价格波动风险等。"

对此，陆恺之一脸疑惑，尽管日常也接触过一些基金经理，他们一个个看起来都是精明能干的样子，谈起行情来也是侃侃而谈、滔滔不绝："不对啊，基金公司的人不都挺专业的吗？相对于个人投资者而言，基金管理者在风险管理方面肯定有优势啊，他们通过专业的分析，应该能够比较好地认识到风险的性质、来源和种类，准确判断风险程度，并通常能够按照自己的投资目标和风险承受能力构造有效的证券投资组合。总体来看，基金公司和基金经理的选股能力和风控能力应该都不错啊？"元禹笑道："你说的是没错，但也只是整体上比大部分个人投资者的能力强一些，也不都是个个如此。他们在知识水平、管理经验、信息渠道、处理技巧等方面还是存在一些差异的。他们的管理能力虽然可能高一些，但还是有限的，不可能同时应付所有的市场风险，所以也没看见哪只基金稳赚不赔啊。"陆恺之似乎想起了什么："也对，难怪之前看到一个报告，说好多登上各种榜单的明星基金经理的产品收益率都是负的。看来他们也没有想象中那么厉害嘛，哈哈。"元禹补充道："谁说不是呢？他们虽然比较专业，但也不要过分神话他们、依赖他们，投资的时候还是要客观分析市场，理性挑选基金，正确做出投资决策。""嗯，不迷信，不跟风！"陆恺之连连点头，又追问道，"对了，刚刚你说的另外两个风险是什么啊？有点难理解啊。"

陆恺之这一连串提问，让元禹招架不及："让我歇口气吧，你这夺命连环问问得我菜都来不及吃了啊。"陆恺之大笑道："哈哈，怪我怪我！你快吃吧，我这也不是求学心切嘛！"元禹赶紧扒拉了两口菜，又是一杯酒下肚："另外两个嘛……一个是基金份额不稳定的风险。ETF不仅能够在二级市场上像股票一样买入卖出，还可以在一级市场上申购赎回。一般情况下，在基金份额相对稳定的前提下，基金管理者才能按照募集资金的规模制定相应的投资计划，并制定中长期的投资目标。你想想，如果基金发生大规模赎回，以致影响到基金的流动性时，基金管理人不得不被迫降低相应的股票仓位。这种被动调整投资组合的情形，既会影响原定的投资计划，也会使基金持有人的收益受到影响。"

陆恺之听罢，若有所思："这样啊！那看来咱这个 ETF 还是有它的独特之处的，以后我投资的时候可得注意了。"元禹接道："只要是投资，就一定会有风险，只是风险大小的问题。除了基金份额波动的风险，还应当注意基金价格波动的风险，尤其是对于那些买入份额较大的投资者而言，更应该注意这种风险。"陆恺之有点愕然："价格风险？不就是市场风险吗？行情变动的时候价格变动，刚刚不是说了吗？"元禹听罢，解释道："这个跟刚刚说的那个还真不一样。ETF 既可以在一级市场申购赎回，又可以在交易所市场上买入卖出，申购赎回与买入卖出之间可能存在一定的时间差，如果短期市场供求失衡，ETF 的交易价格就可能发生大幅波动，甚至偏离基金份额净值。此时，投资者如果通过二级市场买卖 ETF 通常就会有比较大的价格波动风险。"

陆恺之这才恍然大悟，伸了下懒腰："你小子从小脑袋就好使，这几年出国喝了点洋墨水，更加灵光了！瞧你现在，说话一套一套的，满满的全是知识点啊。"元禹笑道："哪里哪里，这些都是些书本知识，在你这个投资经理面前掉书袋罢了。"

把元禹一顿猛夸后，陆恺之又开启了追问模式："不过，刚刚听你那么一讲，ETF 是不是更适合机构投资者呢？"元禹答道："不一定啊，ETF 有不同的品种，产品特征、风险程度不尽相同，而且国内的 ETF 目前覆盖了股票、债券、黄金、货币等不同的标的品种，还能投资境外市场，所以能够满足绝大部分投资者的投资需求。投资者根据自己的风险承受能力和经济实力，应该都能找到相应的 ETF 产品。而且，从境外市场的发展来看，ETF 也是个人投资者越来越喜爱的投资方式，哪怕在 2008 年那次大金融危机下，很多市场的 ETF 规模也都出现了逆势增长的态势，其中就有很多个人投资者。比如你可以去看看我们国家台湾地区的数据，台湾公募基金中规模排名靠前的基本全是 ETF 基金，台湾 ETF 在公募基金中的占比逐年提高，近两年已经占到台湾公募基金总规模的 20%，甚至接近 30% 了。据统计，除了债券 ETF 产品中机构投资者占比较大以外，股票 ETF 等品种里其实个人投资者贡献的基金份额基本能与机构投资者平分秋色了。所以说，只要理性投资，ETF可以说是一个适合绝大部分投资者的金融产品。"

一下子又冒出来这么多ETF产品，陆恺之赶紧又追问道："那这些ETF产品的风险都怎么样啊，我估摸着债券ETF的风险肯定比股票ETF的风险低一些，对吧？"面对如此"好学"的陆恺之，元禹只得继续："对的。其实ETF产品的风险很大程度上取决于基金资产投资于什么产品，比如股票ETF、商品ETF，它们的风险就高于混合型基金、债券基金和货币基金。而中低风险的产品一般包括债券ETF。债券ETF主要采用代表性分层抽样复制策略跟踪债券指数的表现，具有与标的指数及标的指数所代表的债券市场相似的风险收益特征。另外一个ETF产品就是货币ETF啦，它在证券投资基金中属于低风险产品，长期平均风险和预期收益率低于股票ETF、混合型基金和债券ETF。这个产品就跟余额宝比较像了，年化收益率可能比较低，但是总体风险较小。此外，境外市场甚至还有分级ETF、杠杆ETF，它们的风险就更大了，不太适合风险承受能力不强的投资者。"

陆恺之听罢，顿时感觉发现了宝藏，眼睛里简直要放出光芒："原来如此！看来这ETF还真是个投资百宝箱啊，各种投资者都能找到适合的品种。那咱们公司可以做一下股票 ETF 和混合型 ETF，我让我爸妈去买点债券 ETF 和货币 ETF，这样二老的退休金安全就有保证了。"

看到陆恺之有此觉悟，元禹很是欣慰："对啊，不过，通常也不会建议将所有资产仅投资于某一类 ETF。一般而言，进取型的投资者可以将 70% 的资产投资于高风险 ETF 产品，15% 投资于中高风险的 ETF，中低风险 ETF 则可投 10%，剩下的 5% 投资低风险的 ETF 产品。保守型投资者则相反，应将大部分资产投资于低风险和中低风险的 ETF，将少量资金投资于高风险和中高风险的 ETF，你可以让叔叔阿姨做这种配置，这样整体风险较低，养老金还是有保障的。至于稳健型投资者，可以比保守型的投资者多投资一些高风险和中高风险的 ETF。积极配置型的投资者，则可以比进取型投资者少配置一些高风险产品，多买一些低风险。总之呢，因人而异，一千个投资者就能找到一千种投资配比。"

陆恺之惊叹："没想到 ETF 还有这么多讲究呢。那具体怎么进行 ETF 投资呢？你今天可得好好教教我，我可指着这个给公司赚点钱呢。"

　　元禹放下了筷子，给陆恺之倒了一杯酒，不紧不慢地说道："ETF看似简单，不过要跟你讲清楚如何操作，可不是今天一顿饭就能打发我的。真想学，改天再请我吃饭啊，哈哈。"

　　"好好好，没问题。你这往后吃喝管够！我都给你包了，哈哈！"

　　此时，窗外已是明月高挂，上海这座百年不夜城才刚刚展露她美丽优雅的一面。霓虹灯光，车水马龙，这一切对元禹而言既熟悉又陌生。

　　陆恺之终于停止了学生模式："元禹，咱们回到正题上吧。你回来可不是专职给我当老师的，你这讲课费我可付不起。你这次回来有什么打算吗？"元禹眼神一黯："我不管怎么恨他，这也是我家的公司，如今旁落他人之手，我肯定得查个明白。不过，当然硬查恐怕行不通，咱们只能智取。"

　　陆恺之问道："叔叔去世后集团确实变动挺大，我也想搞清楚这中间发生了什么。那……咱们如何智取？"

　　"你有办法把我安排进公司吗？如果能进集团总部就更好了。"元禹低声问道。

陆恺之有点为难："你也知道我现在的状况，被架空了，人微言轻。不过，你可以先到我的公司来，做出点业绩，有机会我把你推荐到集团去。"

元禹有点失落："权且这样吧，正好我也看看国内是怎么做投资的。争取早点打进敌人内部，查个水落石出。"

陆恺之大笑："那就只能先委屈你做我的助理了。有你坐镇，我是如虎添翼啊，今年的业绩可就放心多了！"

元禹谦虚道："哈哈，别这么说，我才刚接触社会，还有很多需要在实战中跟你学习啊。"

一商定这些事宜，陆恺之感觉充满了能量："行！我周一进公司就给你安排！到时候咱们兄弟联手，大闹上海滩！也祝你早日查明真相！"

元禹赶忙端起酒杯："那我可得好好谢谢你了！来，恺之，敬你几杯！"说罢，他咕咚咕咚，连喝三杯。陆恺之见状，也连忙端起酒杯："来，干了！"三杯下肚，绝不含糊。

酒席过后，二人一起回到元禹下榻的酒店。酒店窗外，一片浓重的夜幕下，陆家嘴依然霓虹闪烁，黄浦江暗潮涌动。元禹摩拳擦掌，心里有几分感慨，接下来就准备在这片神奇土地上一展拳脚了。

第三章　飞来横祸　化险为夷

　　只见他一声令下，一张张大卖单出现在市场上。起初这群秃鹫还是像原来一样疯狂地吃进每一张卖单，他们不断地买进，顶着涨停板的价格，仿佛宣示着他们看好的这波上涨行情有多么强势。可……

一周后的一个早晨，元禹按照名片上的地址，准时来到了陆恺之的投资公司。前台接待是一位约摸二十出头的姑娘，一身职业装打扮，笑靥如花，手中翻翻写写，好似正在整理着什么记录。她看见元禹走来，便放下了手里的材料招呼道："您好，有什么可以帮您？"

　　元禹随即上前搭话，客气道："小姐姐，听闻贵司在招聘研究员，我想来应聘。"姑娘听后一怔，收拾了一下表情才说道："我们的求职简历都是需要网上投递的，请问您有投过简历吗？"元禹尴尬一笑道："没有，刚回国不久，还没准备。"姑娘眼含一丝鄙夷，面上却不失礼貌地笑答道："那您还是回去准备一份简历吧，但是恕我直言，这求职成功的概率不太高。"

　　"此话怎讲？"元禹好奇道。

　　"求职信息上写得很清楚，要有工作经验，您这刚毕业恐怕……况且现在海归那么多，谁知道你这个……"姑娘心中不悦，但还是保持着职业的微笑。

　　元禹不以为意，笑道："小姐姐，我这工作经历……您看，我初出茅庐，如何能有那么久的相关工作经验。我这边有纸质版的简历，不如您先把我的简历转交给人事，看能不能给我这个机会。"姑娘有些不耐烦，但毕竟职责所在，又不好发作，劝说道："不是我不帮您，是您这份简历就算我递上去也会被打回来，您还是找个公司刷刷经验再来？"

　　元禹嬉笑道："小姐姐此言差矣，如今每家公司都说自己想要有工作经验的，难道没有工作经验还入不了这一行了吗？小姐姐你生得这么好看，我这里有一份纸质版的简历，就帮我递上去试试嘛。"姑娘被他问住，又被他这一撒娇，搞得好无奈，急红的脸庞又凭添了几分可爱，微嗔道："您别在这胡搅蛮缠了，我很难帮到你。"

　　"那小姐姐你要后悔了，你知道你放走了一个生命中多么重要的人吗？你要是帮我交上去，我晚上请你喝一杯如何，加个微信也好？"元禹放下一份自己的简历，拾起笔在自己的电话处画了个大大的圈。

　　前台接待正要发作，陆恺之这时不知道从哪冒了出来，喊住他："我道你怎么还不来，原来是在这里和人插科打诨。我这边都火烧眉毛了，你还有这心情，还不快点进来帮我。"陆恺之在办公室等急了，怕元禹走错路，便出来看看。前台姑娘听见总经理和元禹聊天的语气，也猜出一二缘由，随即转身对元禹做了个指引的动作，一脸尴尬道："元禹先生里面请，刚才还请见谅。"元禹礼貌地点了点头，扶了一下自己的眼镜，说了句"没关系"，浅浅鞠了一躬便和陆恺之并肩走去。刚走出不过五步，回头又望向惊魂未定的姑娘，嬉皮笑脸比了一个打电话的手势，似是在说打给我，弄得姑娘又急又羞。

　　陆恺之的办公室视线极妙，窗外的江景尽收眼底，晌午的阳光透过硕大洁净的落地窗落在华美的室内陈设上，房间里显得更加亮堂。而陆恺之却仿似一头乌云笼罩，坐在茶台前，给元禹递上了早已泡好的茶，镇定中带着些烦躁地说道："来，品品吧。"元禹接过，轻嗅茶汤，贪婪地一饮而尽，赞道："好茶啊！我长这么大才知道，这茶还可以喝出这样的味道，哪弄的？""这是高山云雾茶，明前我托朋友费了好大的劲才弄回这么二两，呐，都在这了。"想到眼前的麻烦，陆恺之幽幽地感

叹道："喝完这回，明年不知道还喝不喝得到了。"

元禹赶紧给自己续上一杯，讥道："那我得多喝点，免得明年喝不上了，我还要去求别人。"陆恺之听罢，心中更是烦闷，知道对方是在玩笑，也不好发作，只得扭过头去叹气，不再说什么。元禹倚靠在沙发上，一边慢慢品茗，一边望向陆恺之，知道再多逗下去便无趣了，随即问道："说吧，怎么了？看把你愁的，那天见面不是还好好的么？"陆恺之将手中的茶水一饮而尽，叹了口气道："上面天降一口大锅让我背呀。"陆恺之把杯子放下，坐回自己的座位上，若有所思地看着窗外，缓缓说道："唉，这几年，行情不好，我们不求能占集团多少光，总归能活着就好。可屋漏偏逢连夜雨，你老老实实地不去惹麻烦，可难说麻烦不来惹你呀！"元禹稍稍抬起头，望向元禹的方向，问道："具体点，怎么了？"

陆恺之点燃一支烟，深吸了一口说："集团为了他们今年的业绩，要让我们帮他们接一支票，价格上没有优惠，让我们只管执行就是了。我问他们那公司现金流都用到这里，如果后面无法运营了怎么办。他们说丢车保帅呗，不行就宣布破产，反正我们公司和集团投资部的很多业务是冲突的。他们说得倒轻巧，我辛辛苦苦五年啊，这个公司从无到有几乎都是我一手操办的，你说现在这样我能甘心？"

　　元禹给陆恺之倒了一杯茶递过去说："你们集团董事长是不是太想你了，想让你早点回去陪陪他，做他的上门女婿呀？"

　　"我呸，这事儿董事长知不知道还另一说呢，没准又是帮上面谁背这个锅。这年头，树欲静而风不止，你不招惹别人，也得防着别人盯着你啊。"陆恺之抱怨道。"那也是你木秀于林闹的，你看看你这公司，你这办公室，"元禹往沙发上一躺，摆了个舒服的姿势说道，"我看了都眼红啊。"

　　陆恺之看着元禹，心里更加烦闷，赌气道："我还是一封辞职信交了得了，我一世英名不能毁在这帮孙子手里。我出去干点什么不行，非在这儿受这个气。"说着用夹烟的手去挠头，不巧烟头烫到了头发，吓得他赶忙站起来扒拉头发，烟头落在地毯上烧出了一块黑疤，冒出难闻的气味。陆恺之急忙捡起烟头，扔进烟灰缸里，嘴里碎碎念着，坐回了座位。"人倒霉呀，喝凉水都塞牙，唉！"元禹上前拍拍他的肩膀，安慰道："先不说倒霉的事了，我先问问你，那是一支怎样的票啊，量有多少，让你愁成这个样子。"

　　"是这样的，这票的质地原先倒是不错的。这家公司之前的总经理是个循规蹈矩的人，每年它虽不说能给人惊喜，但总归业绩上升平稳，很多投资者也愿意长期持有。谁知去年股东大会，董事会经研究重新选了一个管理风格较为激进、更加偏向技术的总经理来。这么一来，麻烦就跟着来咯……"陆恺之啜了口茶，继续说道，"他一上任，就定了一个计划，偏向于技术研发的，投入资金量之大，前所未有，股价大涨。集团当时也就是看上了这一点，觉得机会来了，也跟着进了一些。谁知一直到今年，他们的产品还是没有做出来，而且不仅产品研发时间要往后拖，资金也有待追加。这下好了，偷鸡不成蚀把米，股价一落千丈。新来的总经理也是个榆木脑袋，现在急得团团转，到处跟人哭，说自己撑不下去只能破产了，只是对不起这几万员工和家属。早干嘛了，这会儿知道哭了！呵，我看他的情况呀，还不比我强呢。可他犯的错误凭什么变相惩罚我呀，唉——烦！"

元禹看他越说越跑偏了，急忙拦住他道："你别净说这没用的。我问你，他们项目不做了不行吗，还不至于破产吧？"

"唉，你不知道，这不是他们这个项目第一次追加预算了。他们把老本都投了进去，就为一鸣惊人。公司总经理也是个好大喜功的人，削减了好多其他正常运转的项目的经费，就为了这个研发。如果项目停了，一切就前功尽弃了。做了一半的项目，卖又不好卖，继续开发又没钱，原有的其他业务都等着这个项目上马后更新设备呢，结果现在都陆陆续续停工了。他们骑虎难下，正张罗着出售股权募资呢。

我跟你说，现在的资本市场很现实，你说这资产要不打个三折往外卖，我估计那些投资大佬们一眼都不会看，更何况是像集团这样要以上周的收盘价大宗转给我们了。"陆恺之又抽出一支烟，先递给元禹，元禹摆摆手推了回去，陆恺之才自己点上，看向元禹，好像期盼着什么。

这时，一阵敲门声打破了办公室的安静。秘书推门进来，看见旁边坐着的元禹，虽不认识，但心想毕竟是老板的客人，便礼貌地向他微笑点头，走向陆恺之悄声耳语起来。陆恺之仿佛有些不耐烦，大声喝道："都不是外人，大点声说。"秘书怔了一下，朗声说道："集团要我们今天下午3点以后进行灵枢制药股票的大宗交易，价格方面按照今天的跌停板价格交割。按您的吩咐，目前各部门经理已经召集完毕，在会议室等您开会。"

陆恺之朝着元禹苦笑道："还算有点良心，给打了个九折。可这钝刀子割肉，实在不如给我来上一刀得痛快，你说呢？"

元禹没有接他的话茬，右手提起刚刚煮沸的热水，添进茶壶中，看着壶中上下翻飞的茶叶，又瞄了一眼茶台上的《基金报》，若有所思地问道："你下过围棋吗？"

陆恺之一下子被这没头没尾的话给问住了，回道："没，你问这个干嘛？"

元禹吹了吹茶杯上的依依薄雾，说道："我很小的时候，跟着我爸学过几天，和他对弈，几场下来就赢过一次。当时总觉得奇怪，每次下着下着，以为自己的口袋阵要收紧的时候，才发现自己的大片已经进了我爸的口袋当中。于是我就拼命地跑，拼命地跑，却始终无法突破。"

陆恺之好奇道："后来呢？"

元禹说："后来，我干脆不跑了，我还按原来的路子，去收自己的口袋阵，但这个时候，我偷偷地观察我爸是怎么跑的。"

陆恺之似乎来了兴趣，问道："老爷子是个什么路子？"

元禹嘿嘿一笑："其实说起来特别简单，就是有外援。他的口袋阵是在跑的路上慢慢做的，我占的角本是为了围他所设计的，但都被他挂的子提前破坏掉了，于是根本没法挡住他的突围。"

"那你后来怎么赢的呢？"陆恺之道。

"我学着他的法子做了一局，也不刻意做什么口袋，而是一心打造自己的外援。我每路被困之师互为外援，那我的外援就足够强大了，我不但什么困局都能跑得出去，而且攻守逆势只在转瞬之间。"

"你说今天的困局，我们也要去找外援吗？我们这次的麻烦就是集团给的，如今人为刀俎，我为鱼肉，他们怎么可能帮我们?"陆恺之牢骚道。

"我们这次的外援当然不是找集团。"元禹喝了口水，看了一眼旁边的秘书。陆恺之会意，赶紧告诉秘书说自己一会就到，让他先过去安排下，并把门关上。

元禹继续说道："我们这次想突出重围，必须认清我们目前的情况以及取胜的必备条件。首先，我们被困在这个地方，就不能再让对弈的棋手挡住我们逃向外援的去路。不过，在这之前，你准备请我吃几顿，我再继续往下说呀，哈哈。"

陆恺之为这事急火攻心快两天了，可算看到点希望，结果却听到元禹在关键地方又卖了个关子。他一下子心急如焚，"腾"地一声从座位上跳起来，佯作要打的样子说："快讲，不说我先赏你一大猪蹄子！"

"这猪蹄子太咸，我还是吃点别的吧。"元禹嬉笑着退开老远，又正了正衣襟，继续说道，"我们第一步就是要向集团示弱，能争取回些利益就争取些，这个主要是为了到时候我们翻盘的时候，人家不会找咱们的后账，同时能让他们不挡我们寻找外援的去路。"陆恺之微微点了点头。

"其次就是要确定我们的这位外援。"元禹一脸神秘。陆恺之听到此处，好奇地问道："外援是谁？"

"就是你这难兄难弟，灵枢制药。"元禹道，"我们同被困在这局中，只有互相引援，才能一起活下去。"

陆恺之呵呵一笑："怎么个引援法？我们都陷在里面，自救都困难。"

元禹继续说道："灵枢那边，无非是现金流断掉了，我们给它注资它就能活过来。"

"注资？我哪来的钱给他注资啊？"陆恺之无奈道。

"你看你一副奸商的嘴脸，一说让你出钱，立马就怂了。"元禹继续说道，"非常时刻，你必须有破釜沉舟的勇气。你目前用自有资金运行的产品可以统统清掉，你这办公大楼……"陆恺之抢过话头："我租的！"

"总之能抵押的都抵押了，目的就是一个，套现！"元禹斩钉截铁地说道。

陆恺之又开始抱怨："可目前市场行情还不错，现在卖股票，这波吃饭行情的钱我们不赚，再等下次不知道要什么时候了。"

元禹嗔道："你小子是要吃饭还是要活着？"

陆恺之喃喃地说："吃饭不就是为了活着么？"

"顿顿吃得好，未必活到老啊。你说你这几天赚的钱，能弥补到时候接票的损失吗？最后不还是个死？"

陆恺之听后点点头："你说我们后面怎么办呢？"

元禹起身，穿好外套，转身和陆恺之说："你现在去开你的会，想想怎么向集团示弱。我呢，这就去找我们的外援聊聊。"

陆恺之见元禹要走，急忙迎上去说道："这么着急，你不和我一起去开会吗？来公司第一天，也好让大家见见你，给你安排工位呀。"元禹回头又露出一副戏谑的表情，笑着说："我不快点，只怕这位子坐不久啊。"

出得门来，元禹随手拦了一辆出租车。司机头也不回，机械地问了句："去哪啊？"元禹说："师傅劳驾，我去灵枢制药，丹阳南路上的那个。"

　　司机这才扭过头来，一脸不耐烦地问："你就说哪条路和哪条路，你说的什么公司，我怎么会知道?"元禹没来由地被这么一怼，无名火起，心想你就是干这一行的，不知道路还有理了。于是他耐着性子，拿起手机对司机师傅说："我也是第一次去，让我看看导航。"司机催促道："你快点，等着呢。"元禹搜到地址和路线，举着手机给司机师傅看，那出租司机更是不耐烦了："我看不懂，你就跟我说是哪条路。"元禹耐下性子，大声吼道："丹阳南路和合肥路!"司机师傅这才发动车子，向前开去，嘴里还一边唠唠叨叨，很是不痛快的样子。"上车都不知道自己去哪，哪个路和哪个路都不知道，导航开出来我哪看得清的……"就这样碎碎念了一路。元禹觉得又可气，又无奈，只得戴上耳机，刷刷手机。车子开到地方，元禹问了声："到了?"司机向窗外一指："到了，怎么支付?"元禹瞄了他一眼，递上现金，发票也不要，径直向公司走去。

　　这里与其说是一个公司，不如说是一个大厂区。虽然它地处市中心附近，但临街的地方还是拓出了一块很大的空地。空地四周都被铁栅栏和花坛包裹着，除了正门，旁人很难接近厂区的四周。元禹从街边顺着正门一路望进去，空地的中央矗立

着一栋苏联式的老楼。老楼的每个窗户都很小，外墙由于日久岁深，已经有些发黄了，现在正是上班时间，空地上一个人都看不见。元禹走向门口的传达室。

"您好呀老师傅，唐总经理的办公室怎么走啊？"元禹礼貌地问道。"你是谁呀？找唐总经理做什么?"元禹上前一步介绍道："哦，我是华柏投资公司的，有投资意向，还请您帮我通报一声。"老大爷哦了一句："这样啊，我联系他的秘书，你等下啊。"

不多时，一个30多岁的小伙子匆匆从楼里出来，机警地上下打量了元禹一番，问道："总经理不在，您有什么事吗？和我说也一样。"元禹站在传达室门口，又详细说明了自己的来意，秘书这才放心地把元禹请到会客室，让他稍作等待。

会客室是一个宽大明亮的大厅，一排老式沙发彰显了这个企业悠久的历史。元禹坐到其中一个皮革制的沙发上，沙发竟吱吱作响，掀开旁边的杯盖，茶杯也是空的。于是元禹怏怏作罢，只能玩起了手机。

不一会，门外走进一个约莫50岁出头的中年人，头发凌乱，乌黑却没有光泽，显然是染成的。一身西装整洁，气场犹在，依稀可辨别出往日的成功，但现在面目略显呆滞，显然为公司的事所困，忙得不可开交。经秘书介绍，那人和元禹分宾主落座。秘书拿着暖壶进来，给两人续上水，便走出门外关上了会议室的门。

还没等元禹开口，那人先开口说道："丑话说在前面，公司研发项目和各个部门业务，我是不会卖的，卖了对不起国家和前辈们，更对不起股东和厂里的员工。除此之外，其他的都好谈。"元禹微微一笑："我应该称呼您唐总经理，没错吧？"那人点点头。"我这次来是想和您了解一下情况，我听说咱们的企业是国企改制来的，厂里的员工大概有多少呢？"元禹问道。

唐总经理道："算上后勤，加上今年新进来的，我这边的正式员工一共 2682 人，合同工大约 4000 多人。"元禹又问："听说贵司运营出了些问题，如果这样下去，又一直筹不到钱，您有什么打算吗？"总经理叹了口气，说道："先看看到哪能借点钱吧，我们剩下的钱还能维持个几个月吧。如果你要投资，帮我们熬过这几个月，我们愿意给你一个不错的利息作为回报。好多家投资公司盯着我们呢，机会难得。"

元禹呵呵一笑说道："很多投资公司盯着你们不假，可那无非就是一群秃鹰盯着一块腐肉，随时准备上去分一杯羹。您这么大个摊子，员工要吃饭，退休的要发退休金、五险一金，再加上水电等，什么都要用钱啊。斗胆问一句，贵司的负债恐怕已经大到无法支付了吧？"唐总经理强撑着声音几乎喊了出来："大不了我卖了我的研发，卖了我的股权，我也能还上这笔钱！"元禹轻蔑地看了他一眼，继续激将道："您以为您的研发和股权还值几个钱，打三折都没人要啊。您的楼和地皮倒还是值点钱，不如考虑考虑？我们公司十分愿意给您一个不错的价格，保证让您满意，您说呢？"

唐总经理有点绷不住了，站起来做了个送客的手势："您还是走吧。地皮和厂区都是公司的命根子，我把这些卖了，员工的饭碗就没了，6600多号人就是6600多个家庭啊，他们上有老下有小，你居然想……恕我不能这么做。"

元禹听罢一时有些激动，问道："既然您知道自己肩上的担子这么重，当初为什么定了个这么激进的计划？您想出名的时候，怎么就没想到他们呢？"总经理听到后，踱步走向窗边，幽幽地说道："小伙子，你看我这厂区如何，我这会议厅可好？"元禹一时被这突如其来的问题问住，不知道该说些什么，磕绊地答道："还……还行，就是有点老旧。"

经理转头说："是呀，你看到的这些都是50年代时的建筑，这会议室上次装修还是40多年前。这么多年来，我们一直接照制定的计划兢兢业业地工作，只知道蒙头干，量出得多，我们的效益就还不错，出得少了，我们的产品价格还能涨点。可这几年，跟国外一接轨，发现我们错了，我们落后了，我们生产得再多，市场上没人买我们的产品了。我们的企业，正在缓慢被淘汰掉。于是几年前，我们公司响应号召实行改制、上市等改革措施，可实际上呢，书记改名叫了董事长，厂长改名叫了总经理，其他的按部就班，没啥变化。两年前我作为厂里的老骨干，给领导写信，表达了我的看法和发展计划。我说我们公司，不改只是晚死几年，到时候大家一样要下岗，还拿不到退休金；但如果改成了，或许还有一点生机。到时候，你看到的楼和产品一样，都追得上外国人的玩意儿，我们用的都是咱们自己国家的产品，又便宜又好，也不会再有人看不起咱，说咱做不出来。"

　　唐总经理顿了顿，继续说道："后来亏得组织和大伙信任我，我才当上了总经理。我上任后的第一件事就是从研发入手。为什么呢？因为现在赚钱的那个部门，每年都要给国外很多专利费，我们的发展受到了别人的制约，长期下去是不行的呀。我们自己有经验，有人才，为什么我们自己不能搞呢？所以我不惜一切代价，从研发入手，因为这块我熟悉。东西好了，别人才会来买你的，其他的都没用。"

元禹听了甚是感动，起身请唐总坐下，道："想不到您竟然为企业殚精竭虑到如此地步，是我错怪您了。我来就是为您解决燃眉之急。我听说您是技术派，您觉得您的这项研发还要多久才能成功，又需要多久才能盈利呢？"

"大约还要三四个月，至多不过半年。"唐总经理答道。

"那后期经费还需要多少？"元禹问。

"大约还需要一个亿。可是这快到期的负债，我恐怕是还不上了。"唐总经理答。

元禹端起茶杯，太烫又放在一边，说道："好，我明天通过大宗，购买您的公司两个亿的股票，就以明天收盘价购买。您拿着这钱，一个亿去资助产品研发，另外一个亿帮您填补现金流，维持员工生计，希望能如您所说，不负众望。"

这一切发生得太快，总经理有点不敢相信自己的耳朵："你真的要以明天的收盘价去买吗？我们的股票后面可能会一直跌下去，你这不是牺牲太大了？不如直接借给我们，我们最后就算倒了，卖了地也算能还得上。"元禹微微一笑，说道："借贷这么多，光利息就能压垮您，我接您的股票也是想帮您稳定股价。不然股价不稳，您拿什么质押？到时候更别说信用、借贷什么的了。您现在就拿了钱安心做研发，等到企业活过来了，您再回购股权也不迟。"

唐总经理甚是感动，握着元禹的手说不出话来。送别了元禹，唐总经理立即申请召开全体董事局会议，讨论接下来的安排。另一边，陆恺之也通过手机传来了好消息。原来，陆恺之以现金不足为由，仅大宗接了一半的该股票，同时经集团同意，一下午时间，陆恺之抵押了他的公司所有可以抵押的东西，美其名曰"借钱也要帮集团把票接下来"。结果第二天，陆恺之公司的账上除了刚划过来的钱，就是刚接下来的票。

一夜无话。第二天，元禹来到陆恺之公司的交易室，监督操盘手到证券公司办理相关的大宗业务。最后，分别以九折的价格买下了集团剩下一半的股票，八折的价格买入了两个亿灵枢制药的份额。账上的余钱逢低便买入该公司的股票，终于在第三天登上龙虎榜，同时向市场公布灵枢制药筹到资金的消息，股价维持在了七折多一点。随后几日，股票价格持续小幅波动，投资者因为看不透该公司未来的方向，趁着行情正好，都纷纷关注别家的股票去了。到此，灵枢制药得以喘息，元禹也正式接管了陆恺之的交易室。

这天下午三点收盘，陆恺之端着茶，来到交易室找元禹。元禹伸了个懒腰，接过茶，看着满屏幕的红火，甚是享受。陆恺之叹了口气，说道："别人家可都在享受胜利的果实呢，只有我们还在下面趴着，不温不火，这你也能看得下去？"元禹玩心又起，笑道："当然不能。要不我们把手里的票都卖了，快去买其他的吧？"

陆恺之心里知道他又在胡闹，佯装配合地说："好啊，到时候砸个坑出来，咱钱也收不回来，还不上债，我呢，就去搬砖，你去和洋灰，也落得自在。"元禹哈哈笑了起来，放下杯子说道："我自然是不会无动于衷。你还记得我们当时说围棋的第三步是什么吗？""第一是向对手示弱，第二步是部署外援，第三步……"陆恺之喃喃道，想了一会，眼睛一亮，说道，"攻守易势？"

"不错，正是攻守易势。还记得那天的《基金报》吗？"元禹得意地说。

"不记得了，我都没看过，你发现什么啦？"陆恺之好奇地问。

"最近行情不是不错嘛，许多基金公司都会选择在这样的行情下增发它们的产品，上面写着本周四，也就是后天，是三只大基金公司的 ETF 上市募集的最后一天。我们收的这只股票，就在它们的成分股里面。"元禹解释说。

"那这又能说明什么呢？我们的股票质地好？"陆恺之不解。

"当然不能这么理解。基金公司在做 ETF 基金的 IPO 时，不但允许投资者用现金认购 ETF 份额，而且允许客户以股票的形式换购。反正它们的基金成立后要做篮子买股票，那现在不如直接就接收一部分股票，这样对它们、对投资者都好。至于这收购的价格嘛，它们也是有所考虑的，为不失公允，都是 IPO 末日的均价结算份额。"元禹耐心地解释道。

陆恺之喜笑颜开，问道："那你的意思是我们明天把股票全部换成这三家基金公司的 ETF，然后我们就可以乘上这波行情的快车了是么？"

元禹颔首道："孺子可教啊。我已经和这几家基金公司谈好了，如果最后一天没有那么多人换这个票，我们就可以把手里所有的股票全部给他们，换取他们的 ETF 份额。我们的这波操作虽然在行情下赚得少了些，倒也是转危险为安。"陆恺之竖起大拇指："不愧是郑教授的学生，操作果然独树一帜，能想人所不能想。你就是我的活诸葛啊。"元禹只是嘿嘿傻笑，站起身来，和陆恺之一起走出交易室。两人有说有笑，仿佛公司的这场灾难从来都没有来过。

美好的行情转瞬即逝。在元禹的帮助下，陆恺之的公司在一个较高的点位逐步套现出场，最后仅保留了一成的底仓，等待着下一波行情的到来。低迷的行情是熬人的，偶尔窜出来一两只"黑马"，也都是昙花一现，没有什么确定性的机会。主题的轮换频繁，个股更是像要随时引爆的炸弹，时不时地就引爆一颗，让人猝不及防。

元禹刚好趁此机会好好向资本市场学习。他偶尔也会去看望一下唐总经理，关心一下研发情况。几个月下来，元禹已经和唐总经理成为了忘年交，几乎每次到灵枢制药去都会获得贵宾般的待遇。席间，唐经理总是会聊很多公司发展上的趣事，每每谈及关于研发进展的好消息，他总要夸耀一番，有时甚至会热泪盈眶，面上一派意气激扬，仿佛朽木逢春，因为一切都来得太不容易。唐总经理思来想去，终于在一次聚餐时郑重邀请元禹，希望他帮忙展开回购计划。趁着现在市场比较低迷，用公司公共资金回购一些股票，算作员工集体的股份，这也为员工收入增加了一份福利和保障。元禹不好推辞，第二天便走马上任。同时，元禹敏锐地看到研发成功将会带来的巨大机会，于是他拉上陆恺之的公司，一起分批购入灵枢制药的股票。

仅仅半个月后，产品研发中心传来捷报，第一阶段的研究成果已经可以投入使用，灵枢制药虽然想要趁着股票价格相对稳定的时候回购股份，可市上哪有不透风的墙，仅仅不到 10 个交易日的时间，他们便发觉有人在和他们抢灵枢制药的股票。又过了 5 个交易日，灵枢制药的股票出现涨停。元禹无奈，回购计划只得暂停。看着萎靡的大盘和涨停的股票，元禹、陆恺之和唐总经理三个人面面相觑，在感叹资本市场力量惊人的同时，又愤恨它的无情。当初，其实只要一点点资金就能让一家近万人的企业化险为夷，甚至迭代更新。可这市场偏偏就像一群沙漠中环伺猎物的秃鹫一般，宁可等它们咽下最后一口气，也不愿落在地面扶它一把。现如今，往日的猎物起死回生了，他们喜笑颜开，捧着锦上添花的资源，毫不客气地掠夺着他们能看到的每一寸果实，而食物的死活，又与他们何干？

元禹思索再三，回头看了看焦急的唐总经理，指着萎靡的大盘，坚定地说道："我们的果实，他们一个也别想摘走。"顾不得陆恺之与唐总经理诧异的眼神，元禹指挥交易员大量买进市场上各种含有灵枢制药股票的ETF。为不影响买入时的交易价格，元禹选了 12 只交易量较大的 ETF，大量买入。然后他再通过赎回的方式，获取了一揽子股票。元禹在留下了灵枢制药的股票后，将其他股票反手卖出，虽然多出了些成本，但涨停板股票到手了。

看着交易屏幕和"凭空"变出的股票，陆恺之和灵枢的投资经理都惊呆了。陆恺之忍不住不停地问："什么情况？怎么弄到的？我这都还没看清呢，你再给我变一个。"唐总经理也凑过来戏谑地问道："恩公，你这是怎么弄到手的啊？"

元禹尴尬地笑了笑："您别这么称呼我，还是叫我元禹就好。我这个原理其实也很简单。ETF就是一揽子股票组成的一个大股票。交易规则上除了可以二级市场买卖，还可以一级市场申赎。我就遵循了它的交易规则，目前市场不好，那就购进低价的ETF，因为我们的量足够大，所以可以做一级市场的赎回。ETF的赎回与其他基金不同，它赎回的是一揽子股票，我们通过这种方式把自己想要的股票留下，其余的还给市场，也算是间接地回购了我们的股票。"陆恺之与唐总经理似懂非懂地点了点头，问道："也就是说我们拿走的这些股票份额，原本是这几家发行ETF的基金公司的，是吗？"

"没错，但我们这样做也要适可而止，如果影响到市场的正常运行，可就罪过了。"元禹下达完操作指令，便起身走向休息室和两位朋友喝茶去了。至收盘时，他们顺利完成了自己的收购计划。接下来的几天常常能看到他们坐在陆恺之的交易室内，看着灵枢制药的股票被连续炒作，甚至没有任何要打开涨停板的迹象。它虽然严重偏离了估值，可仍然仿佛是在向世人挑衅般叫嚣道："我还可以涨得更高。"

元禹这边，在点齐了当时灵枢制药需要回购的股票后，又以购买时的价格加了些成本，大宗卖还给了灵枢制药。唐总经理自是千恩万谢，激动得不知无以言表，只得连连夸赞元禹仁义，临走的时候还险些落泪。送走了唐总经理后，陆恺之靠上去问元禹接下来如何处理剩下的股票。元禹得意地说："他们想要，给他们便是。"

只见他一声令下，一张张大卖单出现在市场上。起初这群秃鹫还是像原来一样疯狂地吃进每一张卖单，他们不断地买进，顶着涨停板的价格，仿佛宣示着他们看好的这波上涨行情有多么强势。可10分钟，20分钟，30分钟，他们发现有些顶不住了。40分钟，50分钟，一个小时，他们好像突然察觉到了什么，如同秃鹫突然发现倒在沙漠中的狮子醒了一般，四散奔逃。一时间，股票价格如同牢笼般飞速下落，等待分一羹腐肉的秃鹫们无一幸免。

第四章　因祸得福　仇人相见

"说不定正是你为公司控制权害了我爸，现在自己送上门来，真是踏破铁鞋无觅处，得来全不费工夫。"

耳边发小祝贺的声音越来越小，元禹傻傻地望着他们离场的背影。而大厅的角落里，一个提着黑色手提包的姑娘竟也恨恨地望向同样的方向，失了妆容。

集团的年会通常是少部分人表演的舞台，而余下的大多数人往往只是陪衬。高管们穿着华丽的礼服，带着自信的微笑，从擦肩而过的侍者手中随手接过一杯酒或饮料，一簇簇地，围成一个个欢声笑语的花团。

董事长轻敲了下手中的高脚杯，轻咳几声，开始发言："感谢各位来宾以及包括集团公司在内的管理层和一线员工，来参加集团这次的庆功宴，今年大家也看到了，整个大环境不好，全球市场大幅波动，国内去杠杆、去产能，经济面临结构转型，我们集团响应新时代的号召，也在内部做了一系列大刀阔斧的改革，力争能够适应新形势下的考验。虽然集团在实现跨越式发展的过程中，正在遭遇阵痛，但今年我们公司迎难而上，业绩实现扭亏为盈，这些都离不开在座的各位。我谨代表集团管理层，在这里向大家表示热烈的祝贺和诚挚的感谢，感谢大家这一年里的辛勤付出。"

董事长紧接着举起酒杯，说道："千言万语，都在这酒中，干杯！"董事长的发言虽是老一套，但旧曲新弹，还是把庆功宴的气氛掀至了最高潮。

而私底下，只见大家纷纷议论起了今年的奖金。

"公司今年的业绩实现历史性突破，今年怎么着也该加奖金了吧。""咱们董事长总是给我们画饼，今年要是再不给我升职加薪，我就跳槽。""听说有个部门要裁员，集团打算腾出资源来大力支持公司的投资业务发展。""据说这次公司能够实现盈利，靠的是新来的一年轻人，听说还是海归，有华尔街背景……"

轻声细语不绝于耳，虽说庆功宴是少部分人的表演舞台，但却是大多数人的八卦场所，一些传闻往往都是从这里不胫而走，真假难辨。正在大家议论纷纷的时候，灯光昏暗下来，节目开始了。

庆功宴的另一头，元禹望着台上的姑娘，灯光昏暗让人看不清面目，但悠扬的钢琴声流入耳中，令他神往。他呆呆地问身旁的人："台上是哪个部门的姑娘？这琴声就像是抚出来的，反倒不像是指尖弹的。"

旁边站的是个眉目清秀的姑娘，拎着黑色手包，得意地笑了笑，回头答道："刚来的吧？这是我们董事长家的千金，可不是什么部门的姑娘。"

她说话间眉梢上挑，灯光闪烁间又添了几丝妩媚。元禹心中一怔，心里想着这董事长看着面貌普通，却不想有个这么俏丽的女儿，便更加好奇地问道："她也在我们公司工作吗？我怎么没见过她？"

答话的姑娘闻言鄙夷地看了他一眼，冷冷地说："你别想了，人家现在已是名花有主了。"说着叹了口气："无论怎么样，你反正是没戏了！"

元禹听她说得怅然若失，回过神来才察觉到一丝异样的气氛，便调侃道："我没戏了，你叹什么气？你好像很关心她啊？"

"我是她闺蜜，我当然……关心她了。"夏楚薇吞吞吐吐，但转瞬间又冷若冰霜，不再理睬元禹。

这时，陆恺之跑来，看他俩在这闲聊，走上前去说道："你俩在这儿啊，我找了你们好半天。你们认识了？"

女子见是陆恺之来了，又听见他提起元禹，才抬头正式看了一眼元禹，面上却依旧冷冷地说："不认识，只是刚才说了几句话。"

陆恺之则热情地向元禹介绍："这位是夏楚薇夏小姐，董事长千金从小玩到大的小伙伴，后来还一同去了美国留学，不是亲姐妹，胜似亲姐妹。现在是集团投资部投资经理助理。"他随后转头朝向夏楚薇："来来来，楚薇，我正式给你介绍下我的好兄弟，元禹。常青藤名校毕业，海归精英，要不是我把他叫回来，他现在就是华尔街大亨了。"

话语间，夏楚薇已经打量了一遍元禹。元禹不愧受过高等教育的熏陶，举手投足间颇有气度，夏楚薇抿了一下嘴角说道："哎呀，要说常青藤海归，集团里头一挑一大把，不过看在你长得还不错的份上，也给恺之一个面子，这是我的名片，有空来找我。雅菁嘛，你还是别打人家主意了，毕竟人家可是有男友的了。"

陆恺之立马接上："哪敢哪敢，我们金融民工的唯一追求就是怎么把投资业绩做上去，哪有空打董事长千金的主意。你说对吧，元禹？"

元禹附和道："嗯……啊……是，是。"

元禹跟夏楚薇的初次见面在尴尬中结束了，但元禹清楚，那说出的和没说出的话表达了什么。

人群分开，董事长开始带着女儿和未来的女婿走下台来和大家亲切地碰酒。夏楚薇见状，和他们打了个招呼，又看了一眼许雅菁身边的投资部经理江佑，礼貌地回了一个微笑，便垂手低头，站在一旁。

董事长见着陆恺之，一脸欣喜道："臭小子在外面还真给我闯出了点名堂，今年就你们这个部门不亏反赚。我们这些老骨头，看来要过时咯。"说着拍了拍陆恺之的肩膀。陆恺之有些不好意思："还是多亏阿姨的栽培和信任，我没什么能力，就是有膀子力气。"许董事长笑眯眯地说："谦虚是好事，过分就不好了。来，碰一个，明年继续努力。"

大家觥筹交错，喜笑颜开。这时一旁的投资部经理江佑问道："听说你们今年接了集团的票，大赚了一笔，这个人情明年是不是要还上啊？"

陆恺之一听就知道那件事情他才是主谋，立马火冒三丈。元禹拉了拉陆恺之，说道："这个人情自然是要还的。如果不嫌弃，明年要还有这样好的票，集团还是得继续照顾我们啊。"

江佑这才注意到一旁的元禹，讥笑道："你就是公司今年新招的毕业生吧？听说你想法很多，怎么样，来我这吧？我这里能给的头寸可大多了。"

此话一出，场上一时无人答话，很是尴尬。许董事长哈哈

了两声，出来打圆场："小伙子年轻有为啊！听说你对国外的什么ETF很有研究，有时间能来集团教教我吗？"

元禹心想，我正怀疑你为抢公司控制权害了我爸呢，你却自己送上门来了，真是踏破铁鞋无觅处，得来全不费功夫。

元禹一边盘算着，一边回神镇定地说道："董事长过奖了，我在您面前肯定是班门弄斧了。我充其量只是去国外镀了个金，了解到的只是些皮毛，咱们国家的经济要实现长久发展，还得靠您这样的实干企业家。比如我们国家一直在提倡要实现强军梦，确保到2020年基本实现机械化，信息化建设取得重大发展，力争到2035年基本实现国防和军队现代化，到本世纪中叶把人民军队全面建成世界一流军队。这中间，军民融合也是很关键的一环，军民融合现在已经上升到了国家战略，上面不止一次强调，要加快破除'民参军'壁垒，这一定程度上给咱们集团提供了新的发展方向。"

"国家战略"四个字一下子吸引到了许董事长的注意力，说道："之前我也听说过很多这样的论调，但集团业务转型不是一朝一夕的事，船大难掉头，我们何尝不想把企业发展纳入国家发展的战略轨道上来呢？像你说的军民融合，还有一带一路、精准扶贫等，我们都让集团战略发展部做过规划，但是……"董事长叹了一口气，继续说道："你这海外求学归来，是不是有什么高见？不妨说来听听。"

元禹道："您刚才说的通过投资建厂直接参与实体经营建设，投身到国家战略发展当中来是一方面，但隔行如隔山，要是集团太冒进，可能会带来诸多风险。您还要考虑到整个集团几万人的饭碗，我理解公司战略发展层面的难处。但另一方面，随着我国金融市场的发展和完善，跟国际不断接轨，除了直接投资建厂进行业务转型外，还可以通过资本市场的方式来参与。"

许董事长若有所思。元禹看了她一眼，继续说道："您应该听说了这次我们公司能够实现盈利，全靠 ETF 这个基金品种，它起源于国外，2004 年我国证券市场推出第一只 ETF，在这十几年里，我国 ETF 市场，从无到有，日益壮大，现在整个 ETF 规模已经到了几千亿。这几千亿的规模里头，有股票 ETF、债券 ETF、商品 ETF、跨境 ETF 和交易型货币基金，基本上涵盖了各类资产类别。比如沪深 300 这样的股票 ETF，您买它，就相当于间接投资了沪深 300 指数成分股上市公司，也算是在支持这些上市公司的经营。目前除了这些主流宽基 ETF，还衍生出了许多行业主题 ETF，像军工 ETF、证券 ETF、银行 ETF、医药 ETF、环保 ETF 等，基本上您能想到的行业，都能在证券市场上找到对应的 ETF 来投资。"

"你说的 ETF 是不是我们平常炒股在证券账户里就能买到的那个？"董事长追问道。

元禹慷慨激昂："董事长立马就抓住了重点。对，没错，像咱们集团投资部，自己就已经开设了具有机构属性的证券投资账户，比如您之前不是想投身到国家军民融合战略发展中去吗？除了集团业务转型这一条路径外，还可以投资跟军民融合战略息息相关的军工 ETF，分享咱们国家国防军工行业发展带来的历史性机遇。要是正好赶上股市里头军工板块的上涨，那就是名利双收了，为国家军民融合战略做贡献的同时，还能带来投资收益。"

元禹喝了一口水，继续说道："而且投资 ETF 的性价比要比投资个股来得好很多呢。我给您举个例子，您也知道 2017 年股票市场还不错，特别是以食品饮料、家用电器等为首的消费行业白马股涨得特别好，像沪深 300 这样的大盘风格指数也有 20％多的涨幅。虽然指数涨得风风火火，但您可能有所不知的是，2017 年整个股票市场 3000 多只股票，其实上涨个股的占比才 23％，有将近 77％的个股是亏钱的。如果投资者不幸选错了风格，买了小市值股票，那 2017 年可能就是特别难熬的一年，表面上指数是涨了，但实际投资个股是亏钱的。像董事长您这样见多识广的，应该已经发现咱们投资宽基或行业指数的一些优势了吧？相比于个股，投资指数有更好的风险收益比，简单地说就是在一定风险内投资指数带来的收益可能会更可观。"

在场的其他人听到这里一愣一愣，有些跟着频频点头，像是说到了自己的心坎里，有些则投来佩服的目光。元禹停了停，又说道："这是其一，即使把钱交由像咱们集团投资部或者公司投资部这样金融人才济济的部门，长期来看可能也没法每年都跑赢指数，特别是在境外成熟市场，战胜指数变得更是尤为困难。我这里有一组数据，根据美国标准普尔道琼斯指数公司统计，截至 2017 年底，在过去 3 年、5 年和 10 年中，超过 80% 的普通股票型基金不能跑赢基准指数。无论在大盘股、中盘股还是小盘股中，绝大多数基金经理都无法战胜市场。说到这里，董事长，您别生气，我这不是想说咱们投资部的同事能力不行，而是根据统计学历史数据来看，长期来看专业的投资者也未必能战胜指数。即使是被称作'股神'的巴菲特，他也不得不甘拜下风。今年年中，美股刷新了自 2009 年以来历史最长的一轮大牛市，历时 9 年半，这 9 年大牛市中巴菲特有 6 年的投资收益不及标普 500 指数的表现，是不是很出乎大家的意料？但事实就是如此，巴菲特的厉害之处不是说他能够一夜暴富，而是他坚信价值投资能够给他带来每年可观的年化收益，长年累月下来，资产增长就很可观了。俗话说，积少成多，积沙成塔，就是这个意思。"

许董事长拍了拍元禹的肩，语重心长地说："看来元禹你这几年在国外没有白待，咱们集团就缺你这样既有境外投资经验，又了解国内行情的复合型金融人才。ETF 对于我们这一辈人来说，是个新品种，看来我们有空也得重回学校，再去学习学习、深造深造了。活到老，学到老，要赶上新时代呀。"

董事长的一席话，引来了在场所有人的赞同，大家无一不是借此机会，纷纷表态，支持董事长的倡议。董事长也是听得兴致越来越高昂，继续追问元禹，让他再多讲讲。

"谢谢董事长的支持和认可，有了您这几句话，也算是给我们这些晚辈吃了定心丸。我还留意到一个现象，就是最近几年投资越来越难做。一是随着机构投资者参与数量越来越多，占比越来越大，市场趋于有效，套利机会越来越少，传统的策略在逐渐失效；二是随着互联网的普及，市场透明度也在变高，早些年前造个假，除非被电视、报纸曝光，否则很难有其他途径起到社会监督，现在微信、微博这么普及，一旦被人抓到小辫子，那可是全中国投资者都知道了呐，所以这也是为什么股票'黑天鹅'越来越多的原因。互联网的普及反倒是推动了证券市场的公平公正，让那些造假的上市公司无处遁形。当然，'黑天鹅'一多，我们投资部门就犯难了，投资变成了扫'雷'，不是看你投得好不好，而是看你中的'雷'少不少。如果我们把投资对象从个股换成 ETF，'踩雷'的风险相对就要小很多。"

元禹聊得兴起，在一旁的陆恺之也按捺不住了，毕竟自己也是混这口饭吃的："我来给大家打个比方，随便一个行业 ETF，通常持仓成分股数量都在几十到几百不等，咱们就按 50 个平均每个 2% 的权重计算吧。就算其中一个成分股跌停了，那它对整个 ETF 的影响也就是 2% 乘以 10%，即 2‰ 的净值下跌，有效地分散了个股'黑天鹅'带来的风险，咱们投资部门也不需要投入大量的投资研究成本来调研上市公司的经营情况和财务状况等事项，只需要对我国宏观经济做一个基本的判断和展望，看好哪个风格，看好哪个行业，选择相应的 ETF 来投资就行了。"

　　元禹和陆恺之周围聚集的人越来越多。董事长不露声色，只是扭头跟一旁的许雅菁说道："雅菁，你也一块来听听，ETF指数化投资可能是未来的大方向，你有机会去他们那儿跟元禹多学习学习 ETF 业务，将来指不定能派上大用场啊。"

　　"刚才他说的，我都认真听着呢。"许雅菁又转向元禹，正式地问了个好，"你好，我叫许雅菁，集团财务部的，以后还请多关照。"说着她伸出纤细的玉手，和元禹握在一起。元禹第一次和这姑娘说话，指尖相接处，心中一阵激荡，一时间竟不知所措，只得呆呆地看着对面的姑娘傻笑。

　　许雅菁继续说道："之前念研究生时我的老师也跟我提到过 ETF。他说，ETF 是连巴菲特也极力推崇的产品，因为它几乎无手续费，随着时间的推移，将会取得比大多数专业投资更好的回报。今天听元禹这么一说，我总算理解了。"

　　得到了许雅菁的认可，元禹有些高兴，也渐渐回过神来，补充道："你说到点上了，很专业、很到位的总结，手续费便宜正是 ETF 最大的特点之一。首先，它的管理费、托管费等比一般基金要少很多。其次，交易 ETF 没有印花税，只收取很少一部分交易佣金，这对于很多短线投资者来说是福音，省去了很大一部分交易成本。此外，ETF 不管什么时候都保持几乎100％仓位运行，涨的时候涨得凶，当然跌的时候也跌得凶。举个简单的例子，2018年10月22日，股市证券板块涨停，如果只有60％的仓位，那么跟踪证券指数的证券ETF的涨幅理论上就只有6％，但刚才我们也说了ETF几乎保持满仓运行，所以证券板块涨停那天，证券ETF也跟着涨停，这就是100％仓位的好处。当然这里也需要提示风险，下跌的时候，仓位高的理论上跌得也多。风险和收益是一对好兄弟，形影不离。"

"也对，投资行业ETF的前提肯定是因为你看好这个行业，觉得这个行业代表了未来经济发展的方向，景气度高才投它，那我们当然希望它涨的时候能够跟得上指数的涨幅了。"许雅菁接道。

"许小姐正解。如果在场的各位还有不太明白的，我这里再给大家举个例子。比如金融ETF，金融主要涵盖了三个子行业，分别是银行、证券和保险，这三个子行业可谓是掌握了我国金融的命脉，各类经济活动都离不开它们。所以很多人就把金融尤其是银行作为周期性板块来对待，经济向上的周期里，GDP增长得快，通常来说银行板块就涨得好，金融行业一般不会太差。这是影响金融板块长期走势的主要因素，当然其他像降息降准利好银行，牛市行情成交活跃买证券，消费升级看保险等，也是可投资金融板块的逻辑之一。总之，金融作为传统意义上的低估值、高分红、高股息的板块，颇受很多投资者的喜爱，代表经济增长的引擎，最终或会反映到指数的走势里。咱们集团前些天新制定的战略规划里，我看到是坚定不移地看好中国经济未来走势，那么金融板块就是一个很好的紧跟中长期经济增长步伐的载体了。"

一旁的江佑不甘风头让元禹和陆恺之两人独占，见势说道："有点见地啊小子，你说的也是我正想说的，不过这还不止。你比如说环保 ETF，时常看新闻的人肯定听过这句口号，金山银山不如绿水青山。经过改革开放几十年来的高速发展，中国 GDP 已经突破 80 万亿元的大关，稳居世界第二的位置，但之前以牺牲环境为代价的粗放式发展也带来了一系列问题，如水污染、大气污染、噪声污染等，经济发展转型或已经到了迫在眉睫的时刻。以牺牲环境为代价换一时一地的经济增长模式已成为过去式，环保已纳入地方政府政绩考核，绿色发展、低碳环保已成为新时代的主旋律，环保产业也随之变得炙手可热。虽然今年以来环保板块受大盘整体影响，表现差强人意，但长期来看，环境治理和生态建设或仍会是经济发展的重中之重，未来环保这块还是有需求的。无论是市政工程，还是民营企业加大环保投入，大家都可以借助环保 ETF 这样的行业投资工具来分享环保红利。"

还没等江佑说完，现场已经是掌声雷动。这时候，突然有一个声音冒了出来："元老师，您介绍了一圈行业 ETF，那么近期您有看好的行业吗？咱们华柏投资未来的投资策略该如何呢？"

元禹闻言皱了皱眉。他心想，公司之前四季度投决会的时候，确实做出了一些市场判断，并达成了共识，但今天董事长和集团投资部的人都在场，贸然地下结论，恐怕是不太恰当，会不会打脸不说，要是枪打出头鸟，被集团投资部的人怼起来，到时候弄得谁都下不了台，那可不太好。一番深思熟虑之后，元禹想起了自己之前在美国跟着郑教授做过一个行业轮动的课题研究，成果还不错。随着国内 ETF 的深入发展，行业 ETF 产品的布局越来越齐全，何不利用行业 ETF 这个工具，来实现行业轮动策略呢？

想到这，元禹接着说道："大家也知道，今年全球市场波动比较大，影响未来股票市场走势的内外部因素很多，我们这边因为公司合规要求，没法对市场未来的走势做出预判。不过我可以以个人的名义，给大家介绍一下我之前在美国时做的一些投资研究分析，或许能够帮助到大家。大家都知道，一般挑股票，会参考个股上市公司的基本面，比如净资产收益率ROE、净利润同比环比增长率、营业收入同比环比增长率，并结合股票的市盈率估值PE、市净率估值PB以及所在行业景气度等指标，最终决定买入的个股，但目前我国股票市场的个股数已经超过了3500多个，要从这3500多个股票中挑选出符合条件的，工作量会比较大，耗时耗力，往往等你选好了股票，可能就已经错过了个股的涨幅。"

　　江佑有些不屑："呵呵，我当有什么高见，还是老生常谈。你刚才把ETF理论说得那么神，我就想了解下，到底要怎么投ETF呢？"

　　元禹听到这刺耳的挑衅，并不以为意，淡定继续道："投资嘛——归功于金融市场的不断创新和发展，目前证券市场里，除了个股，又多了很多可选择的场内投资品种，比如ETF。只需一个证券账户，通过ETF就能一站式配齐各类资产。另外还有像50ETF期权这样的能够实现多样化投资策略和功能的衍生工具，可谓是百花齐放。我们的股票市场从行业维度看，往往呈现出这样一个特征，即按月份来看，只要不是'股灾'进行时，每个月总能冒出来涨得好的行业，比如今年 9 月份采掘、食品饮料板块涨得不错，收获了 8 个点左右的涨幅，又比如今年 7 月份，钢铁板块逆势大涨，独领风骚，我们观察下来，这些表现不错的行业，未来短时间内大概率还会延续原来的运动趋势，大家可以把它想象成平时日常生活中的惯性，上涨和下跌或也存在某种惯性，在证券投资里头，我们给它取了一个专业名字，叫动量效应。那么我们有没有办法，利用紧密跟踪行业指数的 ETF，来快速抓住行业轮动的机会呢？"

在场的人都被吊起了胃口，许董事长平日里更多的是跟实业打交道，今儿听元禹这么一讲，更是如获珍宝，听得入神。元禹神态自若，镇定稳重地继续给大家讲解："假定股票市场的各行业里存在刚刚我说的动量效应，我们根据这个规律，做了一组数据。我们选择了证券 ETF+ 军工 ETF+ 银行 ETF+ 有色 ETF+ 医药 ETF+ 信息技术 ETF+ 房地产 ETF+ 传媒 ETF 这个组合，策略是根据每两周的，也就是最近 10 个交易日的累计净值涨跌幅，只买涨幅最高或者跌幅最小的那个行业 ETF。当然，由于大部分行业 ETF 成立的时间较晚，所以我们在做测算的时候做了变通，基金净值涨跌幅由对应跟踪指数的涨跌幅来替代，从 2014 年初到 2018 年 9 月份，策略年化收益率大概有

40％。因为在学校里的时候，我们做得更多的是理论研究，所以这中间不考虑因 ETF 流动性不足导致的冲击成本和其他交易成本，行情不好的年份或者遇到大的股市调整，我们的策略净值也会跟着下跌。大家一定要记住一点，风险和收益是成正比的，要取得高收益，大概率就要承受高风险。我说这个行业轮动的策略，主要是给大家提供一个投资思路，就是可以充分利用行业 ETF 这类工具，把耗时又耗力的个股投资换成省心、省力、便捷又高效的行业投资，长期来看，或能显著提升投资回报。"

周围的人听得津津有味，但架不住对有些不通投资的人来说内容稍显专业。不一会人群中骚动起来，有人问道："对于我这样的零基础小白，您刚才说的什么动量效应，什么行业轮动太复杂了，一下子接受不了这么多。您有什么好建议吗，比如推荐几本入门书籍之类的？ETF 怎么选有没有什么小窍门呢？"

元禹喝了口水，正要说话，却被陆恺之抢道："这个元禹和我说过，如果您是老股民，那平时应该有关注一些财经新闻和行业动向，您对行业起码有了一定的认识，哪些行业蒸蒸日上，是朝阳行业，哪些行业可能正在遭遇难关，这个是您选行业的大方向。如果您对 ETF 产品感兴趣，还想学习了解更多，除了元禹今天给大家讲的这些，他推荐我两本书，一本叫《3小时快学 ETF》，还有一本叫《ETF 投资：从入门到精通》，或许会对您投资 ETF 有所帮助。"

元禹微笑地看着热情的大伙，决定索性就多说一些："大家对选哪些行业或风格有了一定判断之后，接下来可以了解一下哪些 ETF 比较受欢迎。通常衡量 ETF 好不好，需要看这么几样东西。一是看标的指数的表现，比如同样是医药指数，但有些医药指数就是跑得比其他家的医药指数要好。二是看跟踪误差，目前市场上同质化的 ETF 特别多，往往一个跟踪指数对应好几个相同的 ETF，比如沪深 300 指数、创业板指、中证全指证券公司等，这时候，如果 ETF 跟踪得紧密，同时又有超额收益，可能就是加分项了。三是看规模，规模大的管理起来相对容易些，跟踪偏离度和跟踪误差可能就要小一些。另外就是管理费率、托管费率等，这些也是必不可少的关注项。"

"元禹说得没错。除了上面讲的这些，最后还有特别重要的一点，就是流动性，对吧？"陆恺之得意地说道。

"对的，流动性是所有包括股票在内的场内交易品种的命脉。举个最简单的例子。一个月前，你买了 10 万元的某只

ETF，这一个月里，账户显示浮盈5%，看到这里是不是很开心呀？然而正当你兴高采烈地要卖掉它变现的时候，突然发现它现在每天的成交缩水到了几万元，挂单在那里，无人问津，最后花了大力气把它卖掉，这时5%的浮盈可能就要大打折扣了。提到ETF的流动性，我们可以根据这个把ETF分为三大类：流动性特别好的、流动性一般的、流动性很差的。第一类是流动性特别好的ETF，比如上证50ETF、沪深300ETF、中证500ETF、证券ETF等，成交好几个亿甚至几十亿，随时都能满足投资者买入卖出的需求。

第二类是流动性一般的，这时候就很需要一根'拐杖'了。这根'拐杖'就是ETF特有的做市商制度，做市商制度是一种为二级市场提供买卖流动性的交易制度。比如ETF，如果没有做市商，也叫流动性服务商，那就需要投资者自己进行报价和撮合，买的人愿意接受行情软件卖1、卖2等价格，卖的人能接受买1、买2等价格。但在市场比较冷清的时候，可能最低卖价和最高买价之间会有很大的价格差距，这样一天下来，可能都成交不了几笔，基本处于有价无市的半瘫痪状态。而提供了做市商的ETF品种，做市商会在盘口附近的几个连续价位上分别提供买单报价和卖单报价。这样，就算是一笔笔小额报价单，也能很快由做市商来替市场把单子接手下来，使得盘中随时能提供充足的交易流动性，再也不用担心我买不到肉或卖不掉肉了。所以，有做市商，特别是好的做市商，保证了ETF充沛的流动性。第三种就是流动性特别不好的ETF，这种可能就要规避一下了。"

此时元禹和陆恺之已经被围得水泄不通，有的人若有所思，有的人交头接耳，也有的人想趁机加元禹的微信。当然，更多的是现场你一言我一语的提问，元禹竟成了今晚的主角。

这时候，许董举起酒杯，似乎是有意想控制下宴会的节奏。她朗声道："今天元禹和恺之讲了这么多投资干货，把投资这门深奥的学问讲得这么通俗易懂，连我这个年过半百的人都听得津津有味，意犹未尽。后生可畏，实在是不可多得的金融人才啊。今天元禹应该也讲得累了，我看要不大家给他一点时间休息休息。下次有机会，咱们集团专门组织一场指数股ETF大讲堂，邀请大家来听，你们说好不好？"

顿时场下掌声雷动，"好啊！""太棒了！""谢谢董事长！"。

今日年会上的一番攀谈，大家聊得都很尽兴。许董尤其兴奋，几次赞许地拍了拍元禹的肩膀，关切地问这问那，引来一旁端着酒杯的江佑频频侧目，面露阴沉。她感慨后生可畏，也觉得眼前的小伙子似曾相识，举手投足间像极了一位故人。于是为方便日后观察，许董便和陆恺之商量，将元禹安排进入集团，做了投资部经理的助理。陆恺之自是乐得元禹可以离调查目标更进一步，许董的这番提议可谓是正中下怀，于是他满口答应。而此时，元禹只是傻傻地望着许雅菁与江佑离场的背影，耳边发小的祝贺声以及人潮的热闹仿佛退去的潮水，置若罔闻。众人也未曾注意，大厅的角落里，一个提着黑色手提包的姑娘恨恨地望向同样的方向，面如土色。

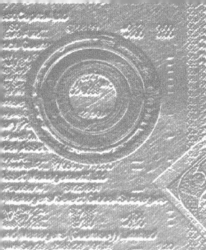

第五章　凭栏倚望　横看吴钩

"你让我想起一个人，你还真的是随了他。"

"谁啊，许董?"

清晨，一抹晨霞透过交易室的落地窗，照落在元禹的电脑上。旁边是一杯热气腾腾的卡布奇诺和一块司康。这甜腻腻的早餐，让人看起来心情愉悦。元禹在愁忧了好几天之后，心情终于舒展开来。电脑屏幕上倒映出元禹子夜寒星般的双眸、高挺的鼻梁，他面如冠玉，尽显男性的阳刚之气。他双眼盯着屏幕上一串串的数字，快速地浏览着信息。今日元禹起了个大早，想要赶在开盘前仔细地复个盘。这几日的股市依然没有起色，甚至有些微跌。不过二级市场上，股票型 ETF 的价格却被大量的买盘推向了新高，市场成交量和活跃度明显提升。

"这么多大规模的单笔成交，怕不是机构已经开始入市布局了吧?"元禹自己喃喃道。突然，他仿佛想到了什么，打开了一个空白 Word，在屏幕上敲出了一行标题：ETF 套利。

这低迷的股票市场和推高的 ETF 二级市场，正是元禹在研究生时期学习"创新产品与投资"这门课程时写过的一篇论

文中的假设情景。回想起当时写这篇论文时，还是在圣诞节期间，元禹经常一个人跑去学校旁边的 Costa，耳畔响着一首 "Last Christmas"，手边是一块热司康，温暖了那段时期的每个夜晚。那个时候，他也曾幻想过，是否能有个人陪他一起度过寒冷的冬天。那个人，可能有着一头漂亮的棕色长卷发，深邃的蓝色双眸有如星光闪烁，她可能有一张可爱的娃娃脸，皮肤如牛奶一般光滑柔软，五官精致得像洋娃娃一样，身材娇小。元禹喜欢温柔的姑娘，他也曾想过这世界上是否真的会出现这样一个人，能让他"往返 CDC 和洛杉矶，看雷雨落东边"。小小出了一会儿神，只见一抹微笑在元禹嘴角扬起，学生时光总是最令人怀念的。

　　啃一口司康，元禹继续敲击着键盘。现下这行情，实在太适合运用 ETF 套利策略了。"现在才 7 点 30 分，如果赶在开盘前能拟合出一个策略并征得经理的同意，今日一开盘就可以实操验证了。"元禹这样盘算着。一想到研究的理论成果可以被运用进实战，元禹不禁倾了倾身子，又向电脑前靠近了一点，噼里啪啦地敲起了键盘，写道：

　　"ETF 套利就是利用 ETF 在一、二级市场的价差以及'申赎规则''现金替代规则'进行组合运用，获取低风险稳健收益的过程。作为一种投资产品，ETF 同时可以在一级市场上申购赎回和二级市场上交易买卖，并且具有实时净值与实时市值两种价格。因此，根据一价定律，ETF 这种产品在两个市场上的价格应该相等。"

写到这里，元禹又打开昨日的盘面扫了一眼，继续向下补充道：

"但是，在实际的交易中，由于供求关系等各种原因，ETF 的净值与市值往往不相等，有时 ETF 的价格会高于净值（溢价），有时 ETF 的价格又会低于净值（折价）。出现上述情况的时候，就给投资者在一、二级市场上的套利提供了机会。并且，ETF 的低成本、高流动性、独特的双重交易机制、紧贴指数等特点使其成为'择时投资'的便利工具。根据监管的相关规定，允许 ETF 在一、二级市场之间实现变相的'T+0'交易，且一天内不会有次数限制，该交易机制设计为 ETF 的套利实现提供了保证。"

突然一阵脚步声响起，元禹停下了手中飞舞的动作，抬头向门口望去。"早啊经理！"元禹一看，原来是江佑来了。又抬眼望了一下墙上的钟表，滴滴答答地刚划过 8 点的位置。

"小元，你来得可真早。"江佑快步进来，打开经理办公室的大门，将衣服挂在衣架上面，撸起了袖子，仿佛要大干一场。

"这几日啊，我正在琢磨，是不是可以采用一些衍生品或者创新产品来进行些交易，提高下组合收益。昨天看完盘面之后就一直有些想法，一晚上也没怎么睡踏实，就赶着今早早点来研究下。"江佑说着，已经坐在了电脑桌前，将桌子上的零碎物件一点一点地摆放整齐。

元禹小声呢喃："搞得这么仔细，江经理怕不是个处女座吧？"被自己想法逗笑，元禹抿嘴强忍笑意跟着走进了经理办公室。

"经理，我发现这几日股票型ETF二级市场的价格被推高，但单股价格并没有呈现大幅上涨的情况。现在二级市场价格产生了很大的溢价空间，我们是不是可以利用溢价情况，做一下ETF套利？"

"小元，你简单讲讲，具体怎么操作？"江佑说着撕开了一包湿纸巾，开始擦起了办公桌。

元禹心想："越看越像处女座。"他的八卦心理在隐隐作祟，面上一本正经地答道："现在一、二级市场价差大，二级市场有明显溢价，如果我们在一级市场上买够一揽子的成分券，去申购股票型 ETF 的份额，然后再从二级市场上以溢价价格把份额转让出去，就可以实现套利。"

江佑一撇嘴："这样子的即时交易，对时效性要求很高。可是股票交易都是 T+1 才能卖出的，万一第二天价格波动太大，我们不一定能挣到钱。"

元禹解释道："经理，股票交易确实是这样的，虽然股票型 ETF 的二级市场买卖也有一天的滞后性，但如果我们做的是一级市场和二级市场联动交易的话是可以实现 T+0 买卖的。比如今天我们可以在一级市场上，按照股票型 ETF 的 PCF 清单①配齐底层股票进行申购，然后今天就可以在二级市场上将份额卖出了。相反，我们也可以当天在二级市场上买入 ETF 份额后，在一级市场上进行赎回，拿到的一揽子股票也可以当天在市场上卖出。所以，即时交易是可以实现的。"

此时江佑已经整理完毕，只见他轻轻推了下有点下滑的金丝边眼睛，稍稍一顿，抬头问道："那么套利成本是在多少？"

"券商的交易席位费我们暂且不用计算在内。在交易的时候需要借助代办券商帮忙进行交易，这需要支付一定比例的佣

---

① PCF 清单，即申购赎回清单文件（Portfolio Composition File, PCF），列明了当日进行实物申购赎回时所应交付的一揽子股票清单。

金给代理委托交易的券商。这笔佣金一般不会超过千分之几，每一家券商的收费不尽相同，我们可以多找几家进行询价，然后挑选最便宜的那家合作。我听说有些券商现在为了吸引业务合作，甚至都不收费了，所以代办费用不高。除此之外，还可能由于变动、冲击、等待等因素的影响产生一些成本。比如说，在既有的流动性条件下，套利时间可能比较短，要求我们尽可能在很短的时间内完成交易，这可能会对价格产生较大冲击，从而产生冲击成本；另外一方面，因为我们的套利涉及一、二级市场的联动，整个套利过程是由一系列的交易组成，其中任何一个交易环节的等待都会导致下一步交易的延时完成，会增加其他头寸的风险暴露时间，产生等待成本。总而言之，由于我们的策略就是在一、二级市场上利用存在的溢价或折价机会进行套利，那么交易时间和最终交易成交价会成为主要的影响因素。"

元禹继续补充道："经理，代办费用我们可以找已经合作过的券商询价，应该能将成本控制在一个非常低的范围内。可以选择流通性很好的宽基ETF进行交易，并配以两到三名交易员配合完成交易，将变动和等待成本降到最低。至于冲击成本，我们难以估计，市场上可能不止我们一家在做交易，到时我们会一直跟踪即时价格变动情况及幅度，择机而做。"

江佑一边揉着太阳穴，一边问道："我们的策略既然是一级市场申购，二级市场买卖，那么万一我们交易的个股和股票型 ETF 的流动性没那么好，是不是会产生流动性风险？"

元禹立刻解释道："如果我们交易的是一些不太活跃的个股或者不太活跃的 ETF 品种，套利势必会产生流动性风险，带来的结果就是实际成交价格与理论价格的较大偏差。不过，我准备通过两种方式来尽量减轻流动性风险，一是尽量挑选活跃度高的资产来交易；二是我们会尽量少量多次地来操作，拟合出实际收益曲线，分析与历史数据的偏差原因，优化投资操作。"元禹越讲越激动，额上汗津津的，于是顺手脱下了羊绒外套，瞬间涌向身体的微凉空气让人无比清醒。

"毕竟投资交易都是有风险的，我们能做的就是尽可能地控制，也没有办法保证完全避免。"元禹无奈地摊了下手。

"嗯，有效的模拟分析和归因确实能优化交易模式，这个可以理解。之前听你介绍说，我们需要按照 PCF 清单配齐跟持仓中比例完全相同的一揽子股票，才能申购到 ETF 份额，是吗？"

元禹轻轻摇了摇头："理论上是这样的。不过对于一些流动性特别好的标的，基金管理人也会允许可以做部分的现金替代。当我们查询 PCF 清单的时候，对于每只成分股，清单都会列出相应的现金替代标志，比如允许现金替代、必须现金替代或者禁止现金替代等。如果管理人在设置现金替代规则的时候考虑不周，设置得不恰当，也有可能会损害到持有人的利益。当然，还有可能对于某些类型的 ETF 产品来说，由于交易所场内无法直接买入这些标的物，所以在交易的时候采取了必须完全用现金替代的运作模式，让基金公司来代为申购赎回或者买入卖出相应的标的物。这种情况下基金公司的买卖成本会存在非常大的不确定性，会导致我们的成本不确定性相应提高。不过，这种情况在流动性较好的 ETF 产品中出现的可能性很小，或者说即使有影响，也微乎其微。"

"行，你一会儿写一份详细的评估报告，赶在 9 点前给我。策略大体上没什么问题。不过毕竟是第一次做，我只能拨一部分的资金给你操作，另外我会额外分配两个交易员给你用，8 点半左右你把操作思路给他们培训一下，开盘之后就开干吧。"

"好的，谢谢经理！"元禹见建议被采纳，甚是欢喜。没想到刚来这个部门，这么快就能被委以重用，那一丝小骄傲也在心中弥漫开来。不过这会儿不是得意的时候，元禹回到自己的

位子上，稳了下激动的情绪，赶紧写起了报告。

今天一开盘，就涌进了许多机构资金进行宽基指数的布局，ETF 场内价格被逐渐推高。这样一个盘面，正好顺应了元禹他们的策略。不过为了稳妥起见，元禹还是按照谨慎的投资计划，小量地进行了数笔交易，一是害怕突然出现的流动性风险损害收益，二是担心太大的买盘影响了市场和价格。

交易室内，增派的两名交易员不停地在市场上收着股票并挂出卖单。交易室内已经很久没有如此忙碌和热闹了，一声声报价确认让人仿佛置身于交易大厅。也难怪，以前集团大部分的交易都是长期持有型，很少有过如此紧凑的交易频率。江佑也在一旁紧盯这着盘面，以便行情发生突变时能及时确定对策。

此时已临近下午三点。站在玻璃门外看着这一幕热闹的景象，许董感到有点好奇。以前投资部哪有这样忙碌过，今天到底是发生了什么事情？往常许董也很少会来投资部这边，因为她的办公室在楼上，一般有什么要紧事就直接电话吩咐了。今天不知怎么了，许董突然想起了元禹——那个长得很像元朗的年轻人，还和元朗一个姓。玻璃后面，那冷峻锐利的面庞，目光如星子一般闪耀，微微皱眉的样子和当年自己在学校舞会上初遇的元朗如出一辙。

"唉……"这一声小小的叹气声很轻，只有许董自己才能听见，不过很快一丝微笑爬上了许董的嘴角。"都是些陈芝麻烂谷子的事情了，我去想这些做什么？"许董回过神来，也觉得自己很好笑。但回忆故人时，温暖中又夹杂了一些遗憾，让许董站在玻璃门前又呆呆怅惘了半天。

"董事长，您来了？怎么不进去呢？"江佑出门接水，碰见了立在门口的许董。

"没什么大事，我就是过来看看你们投资部最近怎么样。今天是怎么了？我看你们大家怎么都这样忙？是不是咱们的投资组合出了什么问题？"许董很快恢复了一贯严肃的样子，刚才的一切仿佛没有发生过。

"跟许董您汇报一下，我们根据近期的市场状况，拟合出一套短时的交易策略，主要是利用股票型ETF产品的一级和二级市场价格不同来做套利。由于交易的时效性比较高，挂单比较频繁，所以今天我多派了两个人过来帮忙交易。我们也是第一次采用这样的策略，可能大家都没有那么熟练，就搞得跟打仗一样。"江佑不好意思地笑了一声，赶紧推门将董事长往里面的办公室请。"董事长，您先稍坐一下，我去给您倒茶。"江佑边说着，边从旁边的小柜子里拿出了专门为招待领导准备的宜兴紫砂壶，取了些藏在柜子深处的上等碧螺春，跑去冲热水了。

许董看江佑走远了，慢慢站起身，走去元禹坐着的方向。从背后看过去，元禹细软的黑发柔柔地搭盖在颈上，简单的白色衬衫也掩盖不住结实的身材，这孩子像极了年轻时候的元朗。许董有些出神地望着，一种异样的熟悉感扑面而来，甚至仿佛隔着几米的距离，都能闻到衬衫上那冷冽的清香。

元禹刚要回头跟交易员说话，一扭头看到了后面出神的许董，赶紧起身："董事长您好。"

许董有点不好意思，赶紧解释道："小元，我看你们今天交易挺多的，想过来问问组合现在是什么情况。投资做得还顺利吗？"

"董事长，是这样的，我们今天准备用股票型 ETF 一、二级市场套利的策略来提升下组合收益，因为之前咱投资部这类策略做得少，大家对操作可能没那么熟悉，所以显得忙乱了一些。今天我们动用了股票头寸里面将近一半的资金，尽量将资金分成多笔进行交易，操作得比较谨慎，到目前接近收盘为止，我们已经完成了十几笔套利操作，测算下来大概为组合增厚了一个点多的收益，而且风险比较小，所以这次策略的性价比是很可观的。"

"嗯，小元，你进入状态很快嘛？我们公司真是捡到了块宝啊，哈哈。说实话，前段时间投资部是最让我担心的一个部门了，投资这块我懂得不多，平时只能靠小江帮我多管理了。不过今年以来，我也注意到了，市场表现真的是不好，其他也有投资股票的企业，很多都亏得很厉害。我们目前虽然没有亏太多，但距离股东的要求还是差了不少。其他董事也给了我很大的压力，还好有你来了。之前了解过你的投资事迹，虽然你年纪轻，不过理论基础好，又对市场有较强的把握。我听说你比较擅长运用高级的交易策略，虽然市场经验还不是很足，但是我相信你，一定都能做得很好！"

许董犹豫了一下，说道："你让我想起一个人，你们真像。"

元禹欲言又止："许董，能冒昧问问是谁吗？"元禹其实很渴望从许董口中多听到一些信息。他正在犹豫要不要顺势问下去，就被跑来的江佑给打断了。

"咦，许董，原来您在这儿呀。我说呢，怎么办公室看您不在，还以为您走了呢。您看，这热茶我都给您泡好了，要不我们去我办公室里坐着说？"说着三人回到了江佑的办公室，江佑将一杯热茶捧向许董："许董，您尝一下，这可是我私藏的碧螺春，平时谁来都不给呢，就留着等着您来喝的。"

许董接过茶杯，卷曲的茶叶梗子经过热水的浸泡，已经都舒展开来，释放着丝丝香甜的气息。许董轻轻吹开浮着的茶叶子，沿着杯边细细抿了一口。

"味道清香浓郁，饮后有回甘，真是一杯好茶！小江，你有心了。"

江佑难掩笑意，说道："许董，我们今天这个策略相当成功，收获不少呢。"

"我刚才听小元说了，确实很不错，不过我们年初几乎没怎么赚到钱，离股东预期的目标还差很多。你们这个策略可以持续使用吗？"

"这个……"江佑有些犹豫，望向了元禹。

元禹瞅见江佑没有接话，大概就明白了二三，这个人怕是根本不太懂 ETF 套利策略吧。于是他赶紧接话道："报告许董，是这样的，这类策略不一定可以持续使用。目前策略的有效性，是建立在股票市场低迷、二级市场活跃的情境下的，这样我们可以用便宜的价格去收取样本券，申购成基金份额之后再从二级市场上高价卖掉。如果二级市场溢价不明显的话，我们这样操作就没有那么多的赚钱效应了。"

元禹想了想，继续说道："刚才听许董您提到，年初的时候董事会给制定了一个比较高的业绩基准。但是今年内地行情受境外股票市场大跌的影响，一直有些低迷不振。年初配置进去的股票型资产的表现都不太乐观，到现在为止都没有赚多少。即使我们中间穿插着运用了一些交易型的策略，但毕竟受市场因素影响太大，不是长久之计，还是需要调整下我们的资产配置结构。

不过今年市场利率大幅下行，固定收益资产表现很不错。今年以来债券型的基金收益都超过了股票型产品，像一些债券ETF产品，由于表现很好，短短几个月，包括新发行的债券ETF净流入就达到了上百亿呢。我看目前部门的头寸基本都放在了股票型的资产上面，但是股票资产波动率太大了，万一配置不当，股市下跌的话对我们组合的冲击也是比较大的，我觉得我们可以适当地运用一下多资产配置策略，也就是不要一味地追求高收益资产，可以适当地在其他资产上面进行一下配置，调整组合结构。"

"这个分散投资的道理我还是懂的，就是鸡蛋不要放在一个篮子里嘛！小江，咱们投资部这边，除了股票型的资产以外，有投资过其他资产吗？"许董问道。

江佑瞥了一眼元禹，心想，怎么来了个拆台的，连忙解释道："许董，之前要是账户上有了闲钱，就直接放去银行做存款了，也偶尔会买一些货币基金这类流动性很强的资产。不过债券型的产品，我们倒是真的没怎么操作过。您也知道的，我们部门人少，除了股票这块专门分出来一些研究员和交易员，其他方面配置不上那么多人。我们没有那么多人手可以去做信评或尽调之类的，所以平时也不敢直接买债，主要还是以股票为主了。"

江佑面露无奈和为难，赶忙为许董又添了些热水。毕竟，之前他可是许董最看重的人才，怎么能让新来的一个毛头小子搅局，让自己多年的投资经验被质疑。"这元禹着实有些嚣张。"江佑恨恨地想。

这边只听元禹继续说道："其实如果想要配置债券资产的话，有一类产品非常适合我们公司这种情况去操作，就是债券ETF。一般债券ETF会有具体的债券分类，如果我们看好哪一类债券，可以直接配置在相应的ETF产品上，不需要额外做太多信评或者调研的工作，只需要对整体的资产表现趋势做一个把控就行。"

"小元，你再详细说一下这个债券ETF的情况给我们听听。"虽然有些不情愿，不过听起来确实是一类比较新颖的资产类型，江佑此时也产生了兴趣，希望继续听下去。

"这个产品特别容易理解，就是以债券指数为跟踪标的的交易型证券投资基金。债券ETF跟其他的ETF基金一样，也是在交易所上市交易的产品，所以就跟交易股票一样，可以在证券账户里直接进行买卖，非常方便。除了可以在二级市场直接买卖基金份额以外，投资者也可以在一级市场进行申购和赎回。那么一般跟踪的标的，会由专业的指数公司进行定制，会根据一定的行业分类或者特定的逻辑来进行标的筛选，比如企业债ETF、地方政府债ETF、国债ETF或者城投债ETF等。"

"哦，我大概明白了，是不是这个债券ETF就相当于投资了一揽子的债券呀？"江佑恍然大悟。

"没错，经理您真是聪明，一听就懂！"元禹见江佑展开眉头，连声附和。

"那当然了，在投资界混了这么久，这种简单的产品模式一听就理解了。"果然人都是要夸奖的，刚才心里还有些气的江经理，此刻脸上展开了一丝笑容。元禹看在眼里，强忍住笑，内心想道，这么简单的原理，当然一听就懂了。

但是江佑仍有些犹豫："不过，投一揽子也是投，投几只也是投，我干嘛要那么麻烦呢？找几个券直接买进去不是更方便吗？"

"这您可能就不了解了，其实直接投资这个债券ETF，要比直接购买单券好多了！"

江佑此刻脸上仍挂着微笑，内心却起了一丝波澜："这新来的小伙子真是初生牛犊不怕虎，还敢在我这个老江湖面前卖弄知识，真是不知轻重。"

对此一无所知的元禹继续说道："首先呢，债券ETF产品由于投资的是一揽子债券，可以有效降低个券下跌对整个投资组合的影响。您也知道，这两年债券市场上违约事件频发，很多专门交易信用债的组合多少都'踩过雷'。万一要是这组合里面的某只债券发生了信用兑付风险的话，一方面会对组合的收益产生巨大的折损，另一方面影响特别不好，可能股东也会追责我们。"

"这的确是，今年违约事件太多了。很多私募做固收的投资大佬也都难免'踩到雷'。要是真的不幸'踩中'了，实在没法向股东方或投资人交代啊。"江佑深有感触，频频点头。

"不过这个债券 ETF 本来投资的就是一揽子债券，底层债券数量多、够分散，一般每只债的占比也就几个点吧，如果足够分散的话，占比甚至连 1% 都不到的。这种情况下，万一持仓的指数中有某几只债券发生了兑付风险，其实最终对组合的影响也就一点点。最终体现出来的结果只是一点净值的下跌，不会是什么信用风险，影响也不像单只债券违约那么严重。"元禹不慌不忙地解释道。

"的确，目前市场信用风险频发，市场风格已变，我们更多的是要去控制风险，而不是回避风险，要不然也赚不到什么钱了。毕竟收益和风险还是挂钩的。"

"经理您说得太对了！其次呢，由于这个债券 ETF 主要是跟踪指数的表现，而且跟踪误差会尽量缩小在一定的范围内，所以避免了由于基金经理主动管理导致的表现差异，也在最大程度上避免了人为造成的业绩偏差。还有，这个债券 ETF 的持仓是非常透明的。您也知道，一般的公募基金也就只能季末披露一下前十大持仓之类的，很多信息我们投资人是看不到的。而 ETF 基金，因为本来目标就是跟踪一个可披露的指数，所以交易的持仓也是可以让大家知道的。一般如果想要查询的话，去相应的基金公司官网就能找到上一交易日的持仓清单，让持有人非常放心。"

江佑又想到了些什么，赶忙插话道："不过啊，虽然我们很少操作债券，但对债券市场也是了解一些的。很多信用债在二级市场上其实并没有特别活跃的交易，不像股票市场买卖频繁。我有点担心这个产品流动性的问题啊。"

"刚好您提到了，我正要跟您介绍，这个 ETF 产品还有创造市场流动性的功能。投资者可以在一级市场上通过使用一揽子个券来申购 ETF 份额或者用 ETF 份额来赎回一揽子个券，增加一揽子个券的买卖需求，提高这些债券的流动性。那么还有很重要的一点就是，这个债券 ETF 的成本低，基金费率一般会比主动管理的债券便宜很多，享受的又是整个指数的平均收益，所以特别适合直接当作工具型产品来进行投资。比如像咱们部门目前这类情况，也没有专门的研究人员来选券，就可以直接配置在看好的券种对应的债券 ETF 上，直接享受这个券种指数带来的平均收益，省时又省力呀！"元禹讲到了兴头上，嗓门也跟着提了不少。

"嗯，小元，你介绍得很详细，我也大概了解了。这个债券 ETF 确实有很多好处，听起来也挺适合咱们部门的投资情况。不过啊，毕竟还是一个基金产品，费率再便宜，也是有成本的啊。本来固定收益投资的赚钱效应就没有股票那么大，再加上一部分的成本，感觉效果也一般。董事长，您说是不是？"江佑还是有些迟疑，并不想直接采用元禹的方案。

"是啊，股东对咱们投资部的收益考核比较高。如果赚钱效应不强的话，成本又太高，感觉也没必要去冒这个风险嘛。"许董也担心地说道。

"其实啊，这部分的成本，咱们可以直接利用产品的杠杆效应给它赚回来。因为债券 ETF 投资的是一揽子债券组合，本质上和债券没有区别。当债券可以进行质押式回购的时候，债券 ETF 也理应可以进行质押式回购。当我们用单只债券质押的时候，由于考虑到债券的流动性风险和信用风险，一般质押率不会太高。但是如果我们用一揽子的债券组合去做质押的话，整体的流动性会比个券好很多，而且信用风险被大大分散，所以给予债券 ETF 的质押率会比个券高得多，最高的时候可以达到两倍左右。那么我们可以利用产品高质押率的特性，在市场上融资后再投资，虽然获得的收益不一定很高，但是覆盖投资ETF 的成本是差不多够了，这样可以减轻我们的投资成本。"

"这样听下来，这个债券 ETF 还真是个性价比很高的产品啊。小江，你盘一下咱们目前账面上还有多少可用资金可以用来做这个配置，你跟元禹一起给我做个测算，看看持有成本和赚钱效应到底有多少。"许董被说服了。

"好的，许董。我跟小元这就去落实。"江佑赶紧接话。

"感谢董事长的信任，我这就去将测算完成，稍后汇报给您和江经理。"元禹微微鞠躬，接受任务并离开了经理办公室。初次提出建议就得到了董事长的认可，多年积累的产品知识得到了运用，这简直比前两天见到那个天仙般的小姐姐还令人高兴。不过，一丝疑惑也浮上心头。这几次短暂的接触，让元禹感觉许董是一个还不错的人，心思细腻，也不固执偏见，对下属都不错。看起来那么好一个人，当年怎么会做出这样的事情呢？

"唉，先不想了，做事重要。"元禹稳了下心绪，回到自己的工位上。他打开了交易软件，做起了测算。

送走了许董，江佑返回办公室，关上了门。他将刚刚挺得笔直的背缓慢地靠向老板椅，慢慢舒了一口气，小声嘟囔道："这小子还真有两把刷子，说不定能为我重用，不过万一太抢眼，恐怕……"

一个小时后，元禹带着一份整齐的资料，重新回到了江佑的办公室："经理，债券 ETF 的相关研究我已经做好了，给您汇报一下。目前咱们市场上的债券 ETF 主要分为两类，一类是利率债类型，像地方政府债 ETF、国债 ETF 等。另一类是信用债类型，比如周期产业债 ETF、城投债 ETF、企业债 ETF 等。目前市场利率还是有下行的趋势，但是由于信用事件频发，信用利差加大。在这个环境下，我们可以多配置一些利率债类型、少量配置一些信用债类型做增强，假如以 3/7 的比例进行配置的话，预期年化收益率可以达到 5% 左右，组合波动率可以控制在 1% 左右，虽然比不上股票资产赚得多，但起码稳健一些。"

"嗯，就按你说的办吧。目前组合里面有些闲钱，再加上即将从股市里面退出来的一些，大概有 1000 万可以给你试一下，可千万别给我搞砸了啊！"

其实账面上可动用的资金超过 3000 万，不过江佑觉得，这刚来的小伙子再厉害，也不一定办事牢靠，以防万一，还是少拨用一点资金，观察下看看。再者，江佑内心隐隐地察觉到，这个毛头小子初来乍到就已经引起了董事长和其他投资人员的关注，可能日后会成为自己的一个劲敌，在摸清楚是敌是友之前，还是小心用之。

"好的，经理！"元禹高兴地答应道。他不知道自己已经悄悄地卷入了一场纷争。

第六章　汀兰青青　靡芜暗许

元禹看着许雅菁这张越发熟悉的脸，疑窦横生，是不是小时候见过，或者很久以前遇见过，留下了模糊的印象。

也就是几步路，公寓就在眼前。许雅菁面上带着淡淡的笑意，看向元禹："元助理，我到了。谢谢你送我回来。"

自从上次在董事长面前大出风头之后，元禹在日常工作中开始慢慢感受到投资部经理江佑态度的变化，明明是投资部经理助理，现在沦为跟部门里几个小实习生一起打杂了。按惯例，他今天早上七点半拿着咖啡准时出现在办公室门口，发现以往这个点儿冷冷清清只有打扫阿姨在做清洁的办公室里一团忙碌。前台看到他，做了一个古怪的表情，欲言又止，半晌才挤出一句话："元助理，早啊。"

　　元禹走过去，将打包好的咖啡递了上去，瞟了一眼时不时传出讨论声的大会议室，压低声音问："小叶子，今早这是什么情况？公司有紧急会议？"

　　"你真不知道啊？昨天晚上快 12 点了，江经理把一群人叫回来加班，好像出了什么大事，连我都被喊回来待命，随时帮他们打印文件、叫夜宵。在里面都一晚上了，似乎还没解决呢。咦？你怎么没被叫过来啊？"小叶子有点惊讶。

"嗯……我昨晚在家加班忙另一个事情，谢啦！咖啡加了一个浓度、脱脂，放心喝。"说完他又瞟了一眼会议室，向小叶子摆摆手，走向自己的工位。这阵子类似的事情发生了好多次，他现在被游离在整个部门之外，知道的事情不比实习生多。刚开始的时候，其他同事还会多少跟他说上几句。但这大半个月下来，江佑那张阴阳怪气的脸越发阴沉，如今同事们也对他三缄其口了。

他打开电脑，看了一眼日历，还有几天就四个月了。离开校园，真的一脚踏入波谲云诡的金融圈后，理想、抱负，还有带点儿浪漫主义色彩的经世致用的情怀，支撑着他不知疲倦地连轴转。江佑虽然有那么点儿不待见他，但毕竟在这一行摸爬滚打好多年，还是有不少值得学习的地方，以至于最初的三个月他几乎都忘了来这里的目的。陆恺之当时一通电话通知他，父亲感冒引起并发症去世。回国后他去医院申请调取父亲的报告，但似乎遇到什么阻力，至今没有拿到。距离年底还有七天，这阵子闲下来之后，他也尝试接触了集团里的一些老员工，试图搞清楚父亲生前的情况，但江佑不喜欢他的事情私底下已经在集团传开，他现在跟同事正常聊两句都难，更不用说打探已故高管的旧事了。

元禹越想越烦躁，拿起手机想约陆恺之晚上出来坐坐。消息刚发出去，就听到前方一阵杂乱的脚步声，大会议室里的讨论终于结束了。江佑拉着一张不爽的熬夜脸，眉头紧皱，边走边吼着旁边的几个小助理。

"看来事情搞砸了。"元禹将目光重新放回到电脑上，不再理会。

"元禹，过来一下！"江佑远远地喊他。

元禹有些惊讶，江佑几天没找过他了。虽然疑惑，但他拿了个本子，顺上一支笔，很快跟了上去。

"最近公司事情多，前段时间安排你研究机构投资者持有ETF的情况，做得怎么样了？"江佑问道。

元禹连忙回答："江总，已经做得差不多了。我现在发给您？"

江佑摆摆手，不耐烦地说："你先简单说一下，详细的报告回去发给我。"

元禹理了理思路，说道："我详细统计了ETF的持有数据，基本能总结出机构投资者持有ETF的特点。机构投资者在ETF市场中的比例远高于中小投资者，并且前者中分散持有多只ETF的情况更显著。他们是ETF投资套利交易的主要参与者。"

江佑打断他："数据都有吗?"

元禹扶了扶眼镜说："有的,稍后我把原始数据表和汇总表一起发给你。"

江佑往旁边桌子上一靠,连轴通宵的加班让他有点体力不支:"我们部门之前在 ETF 投资这块,更多集中在长期投资、跟踪指数上。ETF 因为基金合同成立后即快速建仓,正常运作期内,接近满仓运作。它在跟踪效果上也优于传统开放式指数基金,规避了日常赎回压力,仓位发生变动的可能性较小,我们买入 ETF 即可快速建立仓位,节省择股与买入个股的成本,长期持有能较好地实现对目标指数的便捷跟踪。"

元禹接过话:"是,而且考虑到 ETF 的投资费用很低,长期投资会因为复利的效果,显著增加 ETF 的相对收益水平。"

江佑想了想继续说:"我在想,除了规模 ETF 之外,我们也可以布局一些风格 ETF 和行业 ETF。这类 ETF 能精准匹配某些投资风格,当某种特定市场风格趋势凸显,或者某些特定行业迎来增长机遇时,通过投资相应的 ETF 产品,能帮我们省掉不少个股研究成本。"

元禹点点头,说:"国内现有的 ETF 产品已经覆盖了股票型 ETF、债券型 ETF、商品型 ETF、货币型 ETF 和跨境 ETF，品种和规模已经发展到了一个比较成熟的阶段，在更高的资产配置层面上，国内现有的 ETF 产品可以直接作为我们资产配置的工具。通过交易 ETF 就能拥有一揽子股票、债券或其他金融工具，便利且低成本地开展跨行业、跨品种、跨市场甚至跨境的资产配置，来降低投资组合的系统性风险。”

　　江佑一时不说话了，他心里还是有很多顾虑的。过了一会儿他才开口道：“我们这一块做得不多，近期陆续在组合中加入了黄金 ETF 以及投资境外的 ETF 品种。毕竟我们目前直接进行境外投资，在团队配置上面还有些难度。提到这个，我最近没给你安排其他任务，你就多带带实习生，现在部门里面有四个实习生，如果不够再向人事部门申请。今年需要再招一两个人跟你一起处理一些部门日常工作。”

　　元禹听到这里，一阵无语。江佑这是想彻底把他定位到一个打杂的角色上了。气氛一下子有点僵。江佑意识到自己无意当中暴露了对元禹的提防，轻咳了两声掩示道：“前两天跟许董事长汇报工作的时候，我正式提了一下你说的那个做 ETF 短期交易的想法。比如说日内交易。A 股市场股票交易的流转效率是 T+1，但借助 ETF 的一二级市场申购赎回和交易机制，我

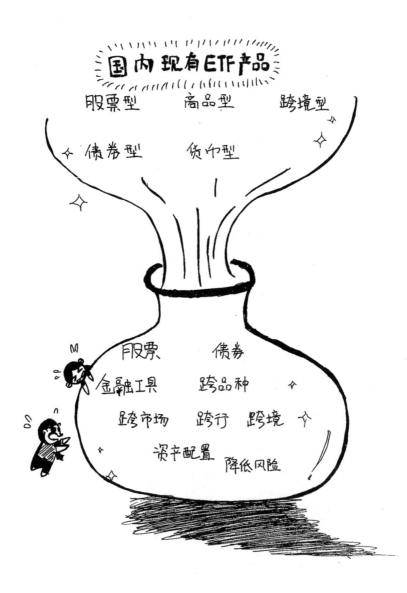

们可以实现资金的日内交易，在某些时候进行短期投资或套利，以及满足某些时点流动性管理的需求。许董事长对此很感兴趣，但执行起来还是有点难度。我们在进行折溢价套利时，需要考虑交易可能产生的费用和成本，比如券商收取的佣金、印花税等固定成本，以及流动性冲击成本等可变成本。只有当两个市场之间的差价能够覆盖所产生的交易成本，且仍存在额外空间时，才有套利价值。而且，这种套利机会都是转瞬即逝的，我们上次听你的，耗费了大量人力盯着，但很难短时间内完成交易。你的想法是挺好的，但是还不能光顾着纸上谈兵啊！"

元禹愣了一下，附和道："您说的是，所以如果我们部门真的要做这种策略，需要开发程序化交易系统。"

江佑不想再跟他多说，于是站起身来最后吩咐了两句："行了，这事你先研究着，是否要上系统，还需要向集团详细汇报。是买现成的，还是自己开发，都是问题。前者需要董事会批经费，后者需要集团同意配人，都不是短时间能解决的。那就先这样吧，你回去把前面的资料整理一下发给我，接下来几天培训一下实习生，今后好方便做事。"

由于这两天部门通宵加班，大家基本上都撑不住了，一到下班时间，几分钟内都迅速逃离了办公室。除了元禹。

又是众人忙他独闲的一天，元禹关了电脑抬头看向窗外的月亮。12 月 24 日，今天应该是个满月。

他的父亲前半生是个失败的富二代，智商高、胆子大，看不上循规蹈矩的日子，结婚后更是变本加厉。他的童年，父亲几乎全程缺席，母亲送他上学、陪他练琴、看他打球。母亲也曾经哭过、闹过，甚至提出过离婚，但最后不了了之。后来，母亲放弃了改变父亲的念头，接受了这种半离婚的生活模式，每天上班、下班、煮饭、陪他写作业，脸上的笑容恰到好处。是的，永远恰到好处，以至于没人怀疑笑容背后藏着的是怎样一个郁郁不安的灵魂。父亲很少出现在家里，元禹只能偶尔从母亲那里听到关于父亲的只言片语。他知道的父亲爱好研究月相，看起来跟平时的他格格不入。

这种表面上平和的日子在他 9 岁那年被彻底打破。那是个新月的晚上，一伙人强行砸开了家门，元禹躲在母亲身后，惊恐地看着他们搬走了所有能搬走的东西。母亲绷着脸，全程一言不发。等到他们离开后，母亲带他来到地下车库，安抚了一阵子，之后一起离开了生活九年的家。那时坐在副驾驶座上的元禹并不知道，后备箱里，早已放好了一个箱子、一个书包。他也不知道他们这趟的终点是美国；更不知道一个月后，母亲将他在美国安顿好后回国，机场的告别是母子俩此生的最后一面。

在美国的第二年，母亲生日那天，元禹接到父亲的电话，只有短短的三句话："你妈今天早上去了。你在美国好好生活。暂时不用回来。"再后来，只有在父亲的生日、母亲的祭日或者他的生日，他们父子俩才会通过中间人通上一次电话，简单例行地沟通一下各自的生活。

元禹父亲的后半生是浪子回头的故事，重新创业，最终也成功了。但那只是他人生的后半段，元禹所有关于家的故事，已经在母亲离去的那个早上终结了。他在美国的生活经济上有母亲当年在瑞士为他安排的信托基金支持着，倒也不至于拮据。父亲每年也会有一笔钱打到他的账上，他都原路转回。

"上海、纽约，看来大城市真不是我的福地，事情不能再拖下去了，哪里能有一个突破口啊……"元禹暗自叹了口气。

"嘿，老弟，老弟，你往窗外看啥呢？喊你半天没反应，不是说下班出去坐坐吗？"陆恺之那小子的声音突兀地传了过来，填满了大半个办公室。

元禹迅速整理了一下表情，呼了口气，电脑一合站起身来："走吧走吧，没什么事了，又是一张报纸一杯茶的一天。"

"你说出去坐坐，想好地方了吗？没想好的话就跟着哥们儿我走呗。这周围酒吧都是熟人，我带你去别地儿，咱们聊两句。"陆恺之一边说一边甩着车钥匙往外走，也不理会元禹有没有跟上来。

这是个拐角处靠近江边的酒吧，由于离着办公区有一段距离，周边也没有什么停车的地方，所以来这里的客人看起来多以游客为主。这酒吧的老板似乎是个挺有趣的人，只见酒吧门口摆着个牌子："喝最烈的酒，炒最烂的票；叱咤股市全赔光，还有本店暖心肠。"酒吧不小的空间被装修成两块区域，一半像交易大厅，另一半像赌场，你别说，赌博人生，风格还挺和谐。喝酒聊天的客人不少，拿着手机摆拍的更多，不曾想这还是家网红店呢。

元禹和陆恺之找了个安静的角落坐下。陆恺之笑嘻嘻地脸皮一绷，沉声问："最近你在公司查出什么消息了吗？有什么进展？"

元禹揉揉眉心，半晌才道："进展谈不上，消息倒有一些。"

他扫了一眼周围的客人，陆恺之见状摆摆手："没事，刚刚进来的时候我看过了，没熟人。这家店我经常来，一年到头也遇不到个认识的，放心。"

元禹点点头，接着说："最近我跟江佑的事，你也应该听说了吧。自从上次帮董事长做了点事之后，他防我跟防贼一样。哪怕这两天部门碰上棘手的事，要通宵加班，也没有通知我。这下好了，所有人都知道江佑跟我不对付，我连公事跟他们都谈不上两句，更不用说打听私事了。"

陆恺之撇撇嘴，刚想开口损几句江佑，就被元禹接下的话打断了。只听他说："不过我还是打听到了一点消息。我爸出事之前刚完成一个大项目，这个项目中标前几天，我爸曾经跟许董在会议室发生了一次争执，因为是上班前，当时只有来得早的打扫阿姨和前台的小叶子在场。小叶子听到我爸出会议室时向许董吼了一句'我劝你收敛点儿'。"

陆恺之眯了眯眼，感觉有些奇怪："这事我确实没听说过。他俩一起合作这么多年了，能因为什么事情吵成这个样子呢？"

元禹摇摇头，同样不明所以："不知道。再就是医院那边，之前我申请我爸的报告，到现在还没拿到。医院方面说主治医生在国外参加学术会议，需要他签字才能调报告。不过我通过一些关系查到了我爸住院那几天的来访记录，总共 5 个人。陈叔——我们家老邻居，他和他儿子一起来的，江佑、许董事长，以及我爸的助理。"

陆恺之转了转眼珠子，凑过来说："陈叔来送饭没问题，你爸助理来也正常……对了，他们知道你跟你爸的关系吗？"

元禹摇摇头说："应该不知道，我反正从来没说过。"

有件事，陆恺之犹豫再三最后还是开了口："话说还有件事，你得知道。许董在公司这么多年了，很有根基。你这个顶头上司江佑，是她一手提拔上来的。他几年前就开始追求许雅菁，虽说许雅菁对他的态度还不明确，但许董事长还挺中意他的，所以现在公司上下都有点忌惮他有这么层关系。"

元禹一愣，问道："许雅菁？她会喜欢什么类型的？"

陆恺之一时不知道怎么回答，面上的神情有点微妙："这可难说。许女神工作上聪明能干，生活上却是典型的大小姐脾气。虽然追她的人多，但还没见谁成功过。"

元禹一直觉得许雅菁总是有那么点熟悉感，可他很早就去美国，中间也没回来过，这份熟悉感来得有些摸不着头脑。他低头看了一眼手机上的时间，正想回到正题上，突然看到许雅菁从酒吧玄关处拐了进来。元禹推了一下正手舞足蹈点评的陆恺之，提示他往前面看。

"哟，许大小姐，你怎么摸到这家店来了？"陆恺之招了招手，先前的话头一收，热情招呼许雅菁过来坐。

"嗨，这么巧，你俩在。"许雅菁将包放在隔壁位子，抽出椅子坐下。

"怎么就你一个人？其他朋友呢？"元禹起了起身，看她坐下。

许雅菁看了一圈周围人群，才说道："我最近刚搬到这附近住，昨天来这里坐了一会儿，走的时候把围巾落下了，今天回家顺便来取。"

陆恺之的小眼神却止不住地往旁边的包上瞟："哟，许小姐，最近心情不错啊，新款驴牌包包！"

许雅菁白了他一眼："怎么着，花陆先生钱啦？"

陆恺之一脸陪笑："大小姐有钱买 10 多万的 LV，我只能攒点零用钱买个几万包含 LV 股票的 ETF。"

　　许雅菁懒得理陆恺之这胖子，转头看向元禹："行了，你先别贫了，之前跟元助理在公司总是匆匆碰面，都没机会正式认识一下。陆恺之，你也不帮我们介绍介绍？"

　　陆恺之闻言突然正襟危坐，清了清嗓子，还真一本正经地介绍起来："元禹，我发小，从医院育婴室一起哭，到幼儿园一起玩大的那种，后来自己跑美国去了。许雅菁，我司女神，一个大院儿的，别人家的小孩，我学生时代的噩梦，成绩永远多我几分。要不是你小子早早去美国了，说不定还能多一个人一起抗衡许女神。"

　　许雅菁一听，顿时翻起了陆恺之的旧账："陆恺之你还好意思说小时候，我刚搬过去那会儿，有次咱们约好了周末一起玩，你一听你爸要带你去抓鱼，把咱俩说好的事忘得一干二净。我在外面等你两个多小时，后来还下雨了，我家没人，就在外面白白被雨淋。后来碰到另一个找你的小孩子，把多的一件雨衣给了我，陪我聊天直到我妈下班回家！嘿，这么算来你那天居然放了两个人鸽子！"

　　元禹低声笑道："陆恺之爽约这事上是惯犯，他每次约我去他家，十次里面七次没人。"

　　陆恺之见两人隐隐约约有结盟的架势，马上认怂道："两位息怒啊！那会儿我年少无知，都是误会。"

"行了，你别贫了。"许雅菁摆摆手，不想理他，转头看向元禹，"元助理是在美国长大的，那可比过高考独木桥的我们开心多了。"

元禹一时脑子没跳过来，愣了一下："嗯……怎么说呢？你们高考后就解脱了，我上了大学地狱生活才刚开始。我记得很清楚，大二那年，帮导师做货币基金流动性风险的研究，熬了几个礼拜，每天就睡两三个小时。导师还非让我在研究中以贝德斯投资公司在纽约证券交易所推出的世界上第一只货币ETF为例，将货币ETF的内容也加进去。当时我刚接触ETF这类产品，机制完全搞不清楚。"

许雅菁一听，来了兴趣："哎，我买过股票ETF，这两个差不多吧？"

元禹摇摇头解释道："不是的，货币ETF与传统股票ETF不同，股票型ETF挂钩一定的指数，投资者一般可以用指数所包含的一揽子股票换一个ETF份额，并可以在二级市场上进行交易；货币ETF则是持有外币或者某种货币指数合约，重在体现基金所持有货币的价格。一般情况下，货币ETF多采用全额现金替代的方式，也就是说投资者用现金就可以直接申购货币 ETF 份额——"

元禹话音未落，就看到一个硕大的红色身影迅速地扑向他们这桌。一个约莫 40 岁的中年男子将一个装着围巾的袋子递给许雅菁："哎呀，许小姐啊，您来啦。"

许雅菁接过袋子笑着点点头："麻烦你了，老板。"

"嘿，我说老 K，今天红衣服，怎么说？股票涨停啦？"陆恺之一脸戏谑地看着酒吧老板。

老 K 摆摆手，脸上的褶子笑得都能夹硬币了，往旁边墙上一靠，一脸得意地说："老哥我前两天就空仓了，大盘跌成这样，跟我没半毛钱关系。看到没，今天衣服穿红的！"

"你这可以啊，看得够准。"元禹接过话来，给他捧个场。

还没等老 K 继续嘚瑟，陆恺之有点听不下去了，撇撇嘴说："你就听他吹吧，什么空仓。他最近酒吧周转不开，没办法，前两天把股市里的一部分钱给套出来，现在账户里面也就十几万块，等再过几日资金回来了，你看他不一股脑地全砸进去。"

老 K 不理他，继续说："说起这，我里面怎么着也还有十几万呢，现在也就抽空在收盘后做做国债逆回购，但店里如果一忙起来，这事也顾不上。那些银行的 30 天、60 天理财什么的，我又不想扔进去，万一下周反弹，这不耽误哥们我抄底吗？还有什么流动性高，又不用我操心的品种吗？可以投着玩玩。"

陆恺之一听，乐了："哎我说老 K，你现在还是只会闷头做国债逆回购啊，没听说过货币 ETF 吗？我们这儿正聊着呢。"

老 K 挠挠头，看着陆恺之问道："货币 ETF？就是平时我们买的货币基金？"

陆恺之摆出一副恨铁不成钢的样子说："不是那种场外货币基金。货币 ETF 也叫交易型货币市场基金，跟你平时买的货币基金不太一样，它既可以在交易所二级市场买卖，又可以在交易所内场内申购赎回。货币 ETF 的定位是场内保证金现金管理工具。"

这时元禹接过话："对啊，K 老板，你现在账户上正有闲钱，如果觉得做国债逆回购麻烦，可以买货币 ETF。它除了具有货币基金的优点外，还可以在交易机制上实现 T+0，随时支取，你那些钱就不会有限制的时候。而且它还可以和券商保证金对接，收益也高于活期存款的收益，提高你的资金使用效率。"

老 K 一拍大腿，虽然眼下只听懂个七七八八，但感觉还不错："这样啊，听起来不复杂，明天我去买个试试。"

元禹赶忙拦住他，耐心地说："投资可着急不得。因为货币 ETF 还在场内上市交易，所以咱玩法也可以复杂一点，比如一二级市场套利。不过要注意一下所选货币 ETF 的收益分配的机制，这会影响套利的收益。比如说 M 货币 ETF，是 T 日申购，T+1 日享受收益；T 日赎回，T+1 日不享受收益；T 日买入，当时就能享受收益；T 日卖出，当日就不再享受收益。而 W 货币 ETF，T 日申购或者买入，都是 T+1 日享受收益分配；T 日赎回或者卖出，也都是 T+1 日不享受收益分配。"

陆恺之闻言也有点小意外，说道："你别说，这区别我以前还真没注意到。"

元禹继续道："这个区别还是有一定影响的。比如说 M 货币 ETF，当二级市场价格低于 100 元时，投资者可以在二级市场上买入基金份额，然后在一级市场上申请赎回基金份额，此时投资者的套利收益为 100 减去二级市场价格再加上当日收益；当二级市场价格高于 100 元时，投资者可以在一级市场上申购基金份额，并在二级市场上卖出，此时的套利收入为二级市场价格减去 100。"

许雅菁听到这，接过话头："哦，我也懂了。如果是 N 货币 ETF 的话，当二级市场存在折价的时候，投资者进行套利的收益就是 100 减去二级市场价格，与 M 货币 ETF 相比，缺少当日收益；如果是二级市场存在溢价，两种货币 ETF 的套利收益是一样的，都是二级市场价格减去 100。对吧？"

信息量太大，老 K 一时半会有点消化不了："嗯……你们等等，我得缓缓，需要点时间消化消化。"这时候陆恺之拍拍他肩膀提醒道："老 K，那儿有人叫你呢。"

"谁呀，没看老板我在忙着学习呢，真是讨厌。你们等我会儿啊，我马上回来。"老 K 一拍桌子，起身往招呼他的人那里挤了过去。

这会儿，店里比他们刚来的时候多了不少人，三人往一起又凑了凑，以免讲话的声音都被音乐的嘈杂声所吞没。

陆恺之见老 K 走了，才吐槽道："我认识他都四五年了，这哥们儿炒股炒了十几年，背股票代码比自己手机号都利索。平时白天店里没事干，就躲在酒吧后面那屋敲代码。几个股票，一天能操作十几笔；给他 1000 万，一年下来能给你搞出 1 个亿的交易量。那双手放在键盘上就闲不住。"

陆恺之话还没说完，就见人群里又冲出一个红胖子。一时间目瞪口呆，这人什么时候这么灵活了，一会儿工夫又回来了。

老 K 脸一红，顺了口气，说道："咱们接着聊。虽然因为最近店里用钱逃过一劫，但下周我这钱就回来了。你们说，大盘见底了没？今年都跌了快 30％了，我觉得差不多了，下周我想满仓干进去。"

元禹此时忍不住笑了起来："我读书的时候学习华尔街大佬们的投资秘籍，感觉彼得·林奇在《战胜华尔街》里写的一段话很适合送给你。他说，如果投资者能够不为经济形势焦虑，不看重市场状况，只按照固定的计划进行投资，其成绩往往好于那些成天研究，试图预测市场并据此买卖的人。"

许雅菁也打趣道："是啊，老 K。炒股这事真不一定天道酬勤，有的时候懒人懒办法，反而效果更好。就说定投吧，你按照预先设定的时间规则，投资固定的金额，比如说每个月第一个交易日投资 1 万，说不定一段时间下来，收益可能比你整天倒腾股票赚得多。"

老 K 不太明白状况，问："定投？定投贵州茅台吗？"

　　陆恺之这下真的忍不住，大笑了起来："什么定投贵州茅台，让你去定投基金！嘿，你别说，这投资方法，真的很适合你这种常年瞎炒股、整天高买低卖、年年赔钱的散户。你别看这方法简单，但往往因为简单，会让人忽略它的价值。你除了熟悉的那几个票，其他的都靠小道消息，听风就是雨地瞎搞。有的时候忙起来，连那几个票都跟不住。"

　　老 K 被说得有点脸红，张口想反驳两句，但话到嘴边，发现陆恺之说得还挺对，主要是自己这么多年折腾下来，确实没赚到钱，亏钱的经验倒是能总结出一本《"韭菜"生长记》了。

　　元禹接着说："是啊老 K，你刚刚还在纠结市场底部的问题。如果考虑做定投的话，就不用纠结于择时这件事了。定投就是通过长期的定期投资来平均成本、分散风险，从而提升长期获利的机会。初级的定投是每月固定投入等额金额，不回避市场高点，也不用担心错过市场低点。更高级一点的定投，可以根据市场情况调整投入金额。比如说现在大盘都跌了快 30％了，不能说是'钻石底'吧，但相对来说很多股票都已经很便宜了。所以你现在如果定投的话，可以每期的金额大一些，比如说 2 万一个月。因为不确定现在是否是底部，所以不要一次性投进去。等到市场反弹，涨到一个比较高的位置时，可以减少每期定投的金额，或者降低投资的频率，比如说每两个月投 1 万。"

老 K 摸摸鼻子，问道："嗯，这个操作起来太简单了。那我到底应该投啥？按照排名选收益最高的几个基金投吗？"

陆恺之转着手机，看着他说道："你如果有熟悉的长期业绩比较好的基金经理，定投他们的产品是可以的。但鉴于你这么多年只炒股，没怎么研究过基金，还是不要乱选得好。指数型产品尤其是 ETF 就很适合你去做定投。"

许雅菁轻轻敲了一下桌子，表述赞同："恺之说得没错，主动管理的股票型基金和 ETF 我都做过定投。这几年下来，还是后者的表现好一些。我之前选择的一个主动管理的基金本来历史业绩很好的，但后来也不清楚是怎么回事，这个产品出现风格漂移，最后连基金经理都换了。我后续定投的时候也没注意，还以为只是暂时的回撤。另一个组合是定投 ETF，就不存在这些问题，ETF 运作透明、资金利用高效，可以避免牛市的时候'只赚指数不赚钱'的遗憾。并且 ETF 的费率低，主动管理的股票型基金的管理费一般为 1.5％，加上 0.25％的托管费，整体费率在 1.75％的水平上，而多数 ETF 产品的管理费是 0.5％，托管费是 0.1％，两类产品费率上能差出 1％。"

"懂了懂了，明天就开始投。先搞个每月2万，投它个三五年！"老K恍然大悟，顿时觉得自己的投资生涯开启了第二春，充满了即将赚钱的幸福感。元禹、许雅菁、陆恺之三人一时无语，场面一度有点尴尬。元禹清清嗓子，试图把老K拉回现实。

他拍了拍老K的肩膀喊道："老K！老K！虽然定投属于长期投资策略，在定投的时候不需要过度担心市场下跌的问题，但这也并不意味着一轮就投个三五年啊。在市场下跌的时候，你可以抓住机会，以便宜的价格买到更多的基金份额，从而有效地摊薄投资成本，在市场反弹的时候获取收益。但当你的定投已经取得不错的投资回报时，要设立止盈条件，及时地退出当前这轮定投。比如说当你通过一段时间的定投已经获利50％了，就可以先结束掉这轮，将之前的收益落袋为安。在进行定投的时候，要明确一个原则，那就是止盈不止损。这样可以让我们在熊市里面坚持扣款，积累便宜筹码，而在牛市里面及时止盈，兑现收益。"

老K听完，一脸激动，今晚这节课值了！他伸手往元禹和陆恺之的肩膀上一搂，咧开嘴笑道："行啊，三位不愧是专业人士，今晚这单我请，算是三位老师的培训费。最近我实在忙不开，店里资金周转出了点问题。家里老大马上要读初中了，成绩一言难尽，我老婆要顾着更小的老二，老大升学这事全丢给我了，哪有时间研究股票。短期内看起来是闲不下来了。定投这策略，逻辑我懂了，感觉简单，可操作性也挺强，我先投着，具体感受一下。"

陆恺之身子往旁边一歪，又指着远处冲他说："嗯，你回去投投看。嘿，那边又找你呢，手挥了好半天了，你快去吧。"

"哎，就那么点儿破事，还没解决，非要我这个老板出面。你们聊着，我过去看看。"老 K 那个胖胖的红色身影再一次挤进前面的人群中，消失不见。许雅菁看一眼时间，已经十点半了。最近工作强度有点超负荷，本来今天打算取回围巾就去附近做个 SPA，然后回家睡美容觉的，谁知一进来就碰到了意想不到的人。

元禹注意到许雅菁看表的动作，猜测她可能要回去了，便举起酒杯冲二人道："时间不早了，我们把最后这点酒喝了就早点散了吧。许小姐看起来也有点累了。"

陆恺之朝元禹眨眨眼说："哎，你们是可以回去休息了，我还得回公司一趟。元禹，你送一下许大小姐吧，她家就在这附近。"

不等许雅菁开口，元禹直接说："走吧，许小姐没开车过来吧？我先送你回去。"许雅菁看着元禹一脸诚恳，也不好意思推辞，点点头说："那麻烦元助理了。"

许雅菁的公寓离酒吧很近，他们二人刚喝过酒，一路步行回去。"元助理跟陆恺之真是从出生就相识了？"许雅菁突然开口问。

元禹一怔，轻声回答道："对的，我9岁那年去了美国，除了十一二岁的时候回来过一次，之后的十几年很少能见面，开始全靠贵得要死的越洋电话，后来通过网络电话保持联系。陆恺之上了大学之后，来美国玩了几次，我们才实现网友面基。"

许雅菁语气遗憾地说："哎，我们同龄，我是10岁那年4月才搬到陆恺之他们小区的，好可惜，没能早点认识你。"

元禹看着许雅菁这张越发熟悉的脸，很想说，他怀疑他们小时候就见过，或者很久以前在其他某个场合见过，给他留下了模糊的印象。

没几步路，公寓就在眼前了。许雅菁面上带着淡淡的笑意，看向元禹："元助理，我到了。谢谢你送我回来。"元禹回她一个温暖的微笑，说："没事，快点上去吧，晚安。"

许雅菁轻声细语地答道："你路上注意安全，晚安。"

第七章　助纣为虐　幡然醒悟

"您也知道，我负责的部门啊是我们部门的投资部，如果我觉得市场有机会，我就可以向公司申请资金，以我们过去的业绩来看，公司大概率会支持我们的。这样一来……"

时间飞快，元禹一边探查父亲的死因，一边在集团投资部认真学习实战。很快，又是几个月。随着这段时间的接触，他对许雅菁的好感也逐渐加深。这让元禹内心更加纠结。一边是自己心爱的姑娘，但是她好像有了男朋友，对自己的态度也是忽远又忽近。而另一边，是自己父亲的死因，现有的种种迹象表明，这就是许董事长一手策划的夺权计划，而许雅菁偏偏又是许董的女儿。元禹的内心矛盾极了。

　　一晃眼，又是一个季末，安平集团为配合集团宣传，发布了一则舞会通知："公司下周五准备举办慈善舞会，欢迎各位同事参加。每位同事请携带一名舞伴参加。"公司的员工们大多年纪不大，看到这则通知都非常高兴，姑娘们纷纷讨论穿什么礼服参加舞会，男孩子们也在窃窃私语该邀请哪位同事作为自己的女伴。投资部的同事们也不例外。

　　江佑恰好经过，听到了同事们的议论，脑海里立刻浮现出了许雅菁的面容，若是她成了自己的舞伴，两人一起出现在舞会上，其他追求者看见，多半会识趣地放弃。于是他从口袋里掏出手机，拨通了许雅菁的电话："雅菁，最近工作忙吗？湖滨路有一家新开的法餐，主厨是今年蓝带的第一名，有没有兴趣一起去试试？"

许雅菁回复道："是不是 LA PIERE？那是我朋友开的，确实不错，晚上正好没安排，一起去吧。"

"好，那说定了，6 点下班后我来接你。"江佑心中窃喜。

下班后，江佑到许雅菁的楼下等她。不一会儿，就见许雅菁身着一身白裙走来，长发被微风吹得微微上扬，优雅动人。江佑下车给她打开车门，待她上车后，又小跑着回到了驾驶位，准备开向湖滨路。

江佑侧头看着许雅菁，说："雅菁，你今天真好看。"

许雅菁玩着手机，没抬头地回了一句："谢谢。"

许雅菁显然觉得和他无话可聊。路上听听歌，很快就到了餐厅，服务生将他们带到靠窗的一桌坐下。江佑问："雅菁，你想吃点什么？这家的煎鹅肝好像不错。"雅菁说："好啊，我想推荐的也就是煎鹅肝。""Waiter，两个 Set，前菜伊比利亚火腿，主菜煎鹅肝配芦笋，甜品咖啡提拉米苏。"江佑对着服务员说，"对了，再配两杯 1811 年的金庄白葡萄酒。"江佑看向许雅菁，问道："你最近忙吗？""挺忙的，最近都在忙着处理年报的事情。""是啊，到年底了，财务部肯定事情特别多。对了，下周公司举办慈善舞会，你会参加吗？"江佑继续问道。"对喔，我差点忘了这事了。"许雅菁若有所思地笑答道。江佑想邀请许雅菁作为自己的舞伴，问道："我想……能不能……"

这时服务生正好把菜呈上来，打断了江佑。

"雅菁，来试试看这里的火腿。"江佑赶紧招呼雅菁尝尝刚上的菜。

"嗯……"雅菁回过神来。

"对了，下周的慈善舞会，你还没有男伴吧？"江佑继续拾起刚才的话头。许雅菁抬头看了他一眼，回答道："嗯，还没。"江佑闻言赶忙问道："要不和我一起去，做我的女伴吧？"

许雅菁不知道是昨晚没睡好还是心思不在这里，她呆呆地看了看江佑，百无聊赖地说道："再说吧，我还不确定参不参加呢。"江佑听罢，低头不语，整个晚餐时间，两人没说上几句话，尴尬的气氛一直持续到晚餐结束。江佑起身，耐下性子，笑着说道："要不，我送你回家吧。"

许雅菁依旧是那副提不起兴趣的样子，毕竟，像江佑这样讨好自己的男生，她早就司空见惯了。她抬头放下餐具，调整了一下自己险些失态的表情说道："不用了，正好我想在隔壁商场买点东西，我自己回去吧。"江佑一听并不气馁，急忙说道："那我陪你……""不用，你去忙你的事情吧，我自己可以的。谢谢你，晚餐很棒。"许雅菁礼貌地回答道。

江佑觉得两人的距离突然疏远了，不知是元禹的出现打破了原来的平静，还是许董事长的态度让她对自己有了别的看法，但总归无可奈何，于是回了句"那好吧"便不再搭话。江佑本来就有些不高兴，加上许雅菁又再次拒绝自己，他更觉没意思，两人就此散去。

不知不觉，慈善舞会临近。公司的女同事们都在精心准备自己参加舞会的礼服，男同事们则在尽最后的努力邀请心仪的女伴。正巧，夏楚薇拿着文件去找江佑签字。她干练地汇报着文件上的内容，而江佑这边听着听着似乎有点出神，一副若有所思的模样。直到听见夏楚薇说"江总，这是今天要签字的文件，请您在这签字"，江佑这才回过神来。

"哦，哦，好的……你先放着吧，我待会看过后签。"夏楚薇整理好文件，答了句好，便扭头要走。

　　江佑看着正要出门的夏楚薇，突然下了一个决定似地急忙叫住她，试探地问道："那个，楚薇啊，你明天晚宴的舞伴找好了吗？"夏楚薇被问得一愣，心思一转，不答反问道："江总您是有什么安排吗？"江佑一看有戏，便继续说道："哦，我就是问问，如果没有的话，明天你做我的舞伴吧。"夏楚薇心中先一惊，再是喜上枝头，故作镇定道："啊？那怎么好呢，雅菁能同意吗？"

　　"她？她还不一定来呢。你就做我的舞伴吧，怎么样？"江佑询问道。夏楚薇心想，终于有机会和江佑站在一起了，但如果这样，雅菁应该会生气吧。不过转念再想，凭什么因为她生气我就要放弃我想要的呀。当然，夏楚薇是不敢正面去惹许大小姐的，于是假装怯懦地说："啊？那……那……我听领导安排吧！"

　　江佑的邀请让夏楚薇有点惊讶，也有点小兴奋。第二天，到了晚宴的时间，许董事长带着许雅菁坐上了晚宴的主桌，元禹和陆恺之结伴同去，江佑则带着夏楚薇一起。

　　宴会上，元禹和陆恺之先一步拿起酒杯，去给董事长敬酒道："董事长，敬您一杯，多谢您的照顾。"

　　许董事长开怀笑着道:"你们别来这虚的,今天不说这些,玩得开心点哈。"这时,站在一旁的许雅菁,故意逗乐问道:"元禹、陆恺之,你俩谁是男伴、谁是女伴啊?就这么来了啊——"陆恺之假装娇羞,回答道:"哈哈哈哈,你看我俩谁像……"元禹打断了"戏精"陆恺之的表演,一脸正经地说道:"我俩就非得分个男伴女伴啊?真是的,你不是也一个人,你的男伴呢?"陆恺之狡猾一笑,赶紧旁边补了一句:"雅菁,要不我做你男伴吧?我把这小子给甩了。"许雅菁假作一脸嫌弃:"哼,才不要呢!"

　　许雅菁面上如常谈笑,心思却转过了几轮,想着,江佑如果看到她来了但是男伴不是他,应该不会开心吧。这时,大厅的音乐突然停止,聚光灯打到了舞台中央,只见主持人走了上去。主持人拿起话筒,说道:"感谢安平集团许董事长对我们慈善事业的支持,下面有请许董事长上台给大家说几句。"

　　许董事长走上台去,接过主持人手中的话筒,向大家致意道:"谢谢大家。我们安平集团的发展离不开在座的各位,更离不开国家的支持。我们能有今天的成就,理应回馈社会。经过董事会决定,我们准备再捐1个亿给我们一直合作的慈善基金,希望能够帮助到更多的人。谢谢大家!"话毕,场上响起了雷鸣般的掌声。

主持人举起话筒，对着台下说："请大家为今夜举杯，晚宴正式开始！"这些平时工作繁忙的男男女女在舞池中央跳起舞来，非常热闹。

陆恺之调皮地对着元禹说："我可是'亚洲舞王'，要不咱俩也去跳一回合？"元禹无奈地回答道："咱俩？！要去你去，我可丢不起这人。"结果，还没等元禹说完，陆恺之已经很绅士地邀请了身边一位落单的女士，纵身进入舞池。

这时，许雅菁正好走来，她身着一身银灰渐变鱼尾长裙，精致的妆容搭配微卷的马尾，越发迷人。看着元禹百无聊赖地站在舞池边上，她便上前问道："你的女伴陆恺之呢？也不见你去跳舞。"心仪的姑娘离自己这么近，心怦怦直跳，元禹有点脸红地说道："唔，太热闹了，而且我也不太会跳，站在这里看看就好。"许雅菁故意逗他说："哈哈，你是没有找到女伴吧？刚好我也不喜欢太热闹，我们就在这边等他们吧。"就这样，两人并肩站在舞池旁边闲聊，时间仿佛凝固了一般，元禹的世界变得无比安静。他痴痴地看着身旁的这位公主，内心无比快乐。但渐渐地，他发现，许雅菁的眉头紧锁了起来。元禹顺着许雅菁的目光望向舞池内，只见江佑和夏楚薇正在舞池中翩然起舞。

就在这时，元禹开口了："可以请你跳支舞吗？"许雅菁缓过神来看着元禹，正迟疑着，又听他继续说道："现在不下场，想一直看着他们表演吗？"闻言，许雅菁不经意露出了笑容，把手交给元禹，一起来到了舞池中央。两人四目相望，十指相扣，这一刻许雅菁好似才回过神来，认真看着眼前的男人。

周围的人渐渐停下了脚步，站在一旁欣赏两人的舞蹈。一旁的江佑见此情景，肺都快气炸了，一把拉住夏楚薇，离开了舞池。夏楚薇见状也很是尴尬，站在一旁不再多言。

音乐结束了，在一片掌声中，许董事长又把大家聚在一起。元达集团的王董事长拿着酒杯走向元禹，先是夸赞了他几句，又向江佑使了个眼神，示意他一边说话："江佑啊，这两年不错嘛，听许董说你们部门的业绩一直名列前茅啊。"江佑立马谄媚地回答道："王董，哪里啊，都是许董事长谬赞，还得跟您多学习。"王董事长拍拍江佑的肩膀，说道："有没有兴趣到我们公司来啊？不会亏待你的。"

江佑笑着答道："王董，多谢您的厚爱。我啊人懒，待个地方熟悉了就不太想动了。再说许董事长对我有知遇之恩，我也得好好报答……"

还没等江佑说完这些冠冕堂皇的话，王董事长就打断说："没事，不过来也行，我们还有其他方式可以合作嘛！"

江佑心里似乎明白了些什么，本就一肚子不满的他便应承道："承蒙您老看得起，要不明天我去您办公室详谈？我们好好聊聊……"王董事长大笑一声，说道："好！那我明天上午在办公室等你！"两人碰杯，相视一笑。

第二天一大早，江佑就来了王董办公室。

王董事长招呼江佑："小江，你来了啊。快坐！""好的，谢谢。"江佑略显拘谨地坐下。王董继续说道："小江，这些年啊，我和你们公司的合作那是相当紧密，你们公司的产品质量好，又有专利，别看我们是你们的下游，可少了你们，我们的产品也就……所以啊，我想我们应该可以更进一步，你们许董事长呢，比较保守，拒绝了好几次我的入股，这太顽固也不行啊，对吧？现在这个时代讲究合作共赢嘛！"江佑听了，微笑着说："您说的是，我们公司的风格就是偏保守，就拿我这个部门说吧，每天也只敢小打小闹，虽然盈利稳定，但是我觉得还没发挥出潜力。"王董事长看着江佑，说："小伙子有抱负啊！所以呢，我就想能不能咱俩合作合作。"

"您老有事尽管吩咐，有什么我能效劳的，必当竭尽全力。"江佑谄笑着回道。

王董事长狡黠一笑，说："我是想着吧，昨晚许大小姐——你自己也看到了，这落花有意，奈何流水无情，依我看呐，识时务者为俊杰，年轻人要认清形势嘛。你不如捞点实际的，比如有没有什么办法，能让你们资金链稍微紧张紧张，或者可以质押点股份到我控股的投资公司，这样我就能拿到这部分质押的股份了，那咱们的关系不就能更进一步了嘛？你说是吧？"

江佑心里咯噔一下，没想到这老狐狸这么狡诈，果然商场如战场，但是他转念想起许雅菁对他的态度，一时心生恨意，心想既然没法得到公司，倒不如整垮它，现在投向老狐狸事后自然少不了自己的好处。江佑佯装为难，思考了一会才回道："王董，这事吧，说容易不容易，说难也不难。您也知道，我负责的部门是我们集团的投资部，如果我觉得市场有机会，就可以向公司申请资金，以我们过去的业绩来看，公司大概率会支持我们的。这样一来，资金量上来，我们再在合适的时机，加点杠杆，这样日常的资金占用可能就会显著上升了……"

王董事长大笑一声，说："小江，还是你脑子活，这事看来我是找对人了。事成之后啊，一定不会少了你那份儿的。"江佑心领神会，回道："王董，能为您效犬马之力是我的荣幸。"

两人相视而笑，手紧紧握在一起，像在庆祝即将到来的胜利。

江佑回到公司，立马紧急召开了一场策略会，集合了部门所有投研人员："各位，今天召集大家，是想讨论一下近期的行情，以及我们部门下半年的投资策略。所以请各位根据自己对经济情况的理解、对市场的判断，各抒己见。"

所有人对这突如其来的策略会无所适从，也没有准备什么材料，大家都低头不语。江佑见状，点名说："元禹，要不你来说说对市场的看法？"元禹有些意外，但也淡定答道，表达了一下自己的观点："江总，那我就来抛砖引玉吧，说说我的观点。我认为经过调整，市场短期见底，但是中长期来看，国际、国内形势还很复杂，只能走一步看一步，保持中性策略。"

江佑对此不置可否："其他同事有其他看法吗？如果没有，我来说说我的看法。"江佑打开事先准备好的PPT："我统计了一下证券市场历年的数据，65％以上的时间，大盘是高于现在的点位的。而且由于全球经济普遍不好，我认为货币政策一定会相对宽松，宽松的货币政策和积极的财政政策同时发力，我认为国内经济一定会稳步复苏，现在正是我们建仓的好时机。"

话音刚落，投资部有同事似乎不太同意江佑的观点，认为现在整体经济的通胀还偏高，货币政策不明朗，还有资金成本偏高等问题。可是江佑立马反驳道："你太悲观了，我昨天特意复盘了整个全球市场的经济状况，类似的情况只有1930年前后美国经济大萧条的时候出现过，我认为这种事情出现的概率不大，我们还是应该把握现在的机会，争取为公司多盈利，才能显示出我们部门的重要性。"

元禹听罢，虽然也觉得现在绝对不是激进投资的最好时机，但是转头一想，这种激进的做法也许可以制造漏洞，可能会给他复仇的机会，因此话到嘴边又转头附和江佑："我觉得江总说得非常对，我在美国的时候也曾经研究过，目前的情况，应该是我们加大投资规模，左侧建仓的最好时机了。而且，我觉得我们可以利用好杠杆，杠杆最大化，减少公司资金占用，以小博大！"

江佑不禁有些疑惑，心想，这小子这时候怎么这么帮自己。但是他没细想，既然如此，不妨助攻一把。江佑立马接口说道："我觉得元禹说得非常对，我们可以利用杠杆，以小博大。元禹，你投资方面的知识很全面，对国内各种金融工具也非常熟悉，你来说说，对我们这次投资有什么建议？"

"好的。"元禹接着说道，"我觉得这次我们既然想要底部建仓，且暂时不想占用公司大量资金，我建议可以利用 ETF 融资融券。首先，我们先建仓 ETF，然后向具有融资融券业务资格的证券公司提供 ETF 作为担保物，借入资金再买入 ETF。"

"既然你这么胸有成竹，那么请你写一份投资报告，明天我们提交给董事会。"江佑满意地说。

"好的，没问题。"

元禹回到了自己的座位上，泡了杯咖啡，构思着投资报告，心想着一定要把报告写得有理有据，才能让董事会批准。这显然难不倒科班出身的元禹。第二天，他就将自己熬夜写好的投资报告发送给了江佑。江佑看完报告，立马叫元禹到他办公室详谈。

江佑微笑地看着元禹，说："元禹，我今天早晨看了你写的投资报告，我觉得你写得非常好。尤其是这个杠杆趋势策略：择机全仓买入这个 80ETF，作为信用账户的担保品向券商融资；再择机买入 80ETF，整体杠杆率可以达到 1.8 倍啊。用 ETF 进行杠杆交易，交易费用低，抵押率高，杠杆自然就高，而且现在融资融券业务的利率才 5.5%，那比我们公司的整体资金成本可是低多了，万一市场触底反弹，整体收益是非常可观的啊。非常好，非常好！"

然而，整个谈话中，江佑只提了触底反弹这一种假设，全然不顾市场万一下跌后的风险。江佑接着说："我觉得你这份报告非常好，尽快通过 OA 提交公司，我也会提前和许董事长沟通好。哦，对了，申请金额就写 10 个亿吧。"元禹连连应和道："好的，江总。我会尽快落实。"

江佑心想，这可是整个投资部门的决策，成了能帮公司赚大钱，许董事长自然少不了我的好处，如果没成，也能帮元达的王董事长把公司股份弄到手，他那份也少不了我的。想到这里，江佑心中暗爽。

不一会儿，江佑起身去了董事长办公室，把这一投资想法告诉了许董。

江佑汇报说："许董，我们部门开会讨论了一下最近的投资机会，觉得现在是一个非常好的左侧建仓的机会，我们想申请更大的投资额度。""你们部门过去几年做得都非常好，如果你们讨论觉得有机会，我自然是要给你权限的。"许董事长说，"希望你们能够再接再厉，为公司的业绩做贡献。"江佑心中窃喜，立马回道："那是自然。我们部门已经讨论过了，元禹也给了些自己的想法，认为这件事可行。"许董事长听到这，抬起头说了一句："哦？是吗？"江佑一听关注点不对，答道："我已经让元禹把我们的会议纪要和投资建议报告都通过 OA 提交上来了，麻烦您看看。如果需要的话，我可以去董事会给各位领导做个汇报。"许董事长点了点头："好的，我先看看你们的投资建议报告再说。"

　　江佑回到部门，立马来到了元禹的工位："元禹，报告提交上去了吗？"元禹心生疑问，这江佑怎么这么着急，但嘴上赶忙回道："江总，已经提交了。"江佑笑着说："好。我已经和许董事长当面汇报过了，她大力支持我们的想法。你再去和交易室那边尽快确认交易账户、信用账户的问题，没有的让他们尽快找对口券商开户。"

　　"好的。"元禹一边答应着，一边往外走去。

　　元禹的投资报告很快就到了董事长的桌上。许董事长粗略地看了一下其投资建议，然后看到申请金额 10 亿，不由一怔。这是投资部第一次这么大手笔的申请资金。许董事长有一点点迟疑，但是转头一想，毕竟这几年投资部的业绩都非常好，既然江佑和元禹都认同这个方案，自己的思想可能真的是有些老旧了，不如给年轻人一次机会。于是许董事长紧急召开了董事会，把江佑叫来列席会议，给各位董事汇报他们的想法。

许董事长坐在桌前，对着各位董事说："各位，今天我收到了我们投资部的一份投资建议书，我觉得这次机会可能会给我们公司带来巨大的收益，所以呢，也想听听各位的看法。小江，你给各位董事汇报一下你们部门的想法。"

江佑一本正经地开始了他的汇报："好的，许董事长。各位董事好，我们投资部讨论认为现在是一个非常好的投资机会，我们认为大盘已经见底，所以我们部门想向公司申请一笔资金，大概 10 个亿，加上我们在资本市场利用融资融券，整体规模可以达到 18 个亿。目的是为公司赚取超额回报。"刚说到这，董事们就开始窃窃私语，觉得这种做法似乎有点太激进了些。江佑赶紧圆场，试图说服在场的董事："各位董事，我们的团队是非常专业的，过去的投资业绩各位董事也清楚。现在全球经济都还在复苏期，整体利率不会上升，资金宽松的局面不会改变的。"许董事长这时也帮着说话："我觉得江佑说的有一定道理，毕竟现在公司的经营状况还缺一些火候。如果二级市场上能够有一定的收益，那可以给公司的利润带来非常可观的增长。我认为可以尝试。"听到董事长都这么说了，其他董事们内心也有些动摇。这时，许董事长补了一句："另外，由于这笔投资数额巨大，请投资部务必做好内部风控，如果有什么突发情况，立即止损。"江佑听了，难掩心中的喜悦，立马回答道："好的，没问题，许董。"

江佑春风得意地回到了部门里，对着大家说："各位，我们的方案获得了董事会的认可，大家可以准备一下，不出意外的话，下周资金就可以到位，我们就可以开始操作了。"

大家面上纷纷鼓起掌来，但是私底下一直在讨论，为什么非要在现在经济形势还不明朗的时候，进行这么激进的投资。不过领导这么定了，大家也不好再说什么，四下散开开始着手准备。

一周的时间弹指即逝，公司给部门的 10 亿资金很快到账。江佑将这 10 个亿转到公司的信用账户上，命令交易室当天以均价买入 80ETF。第一天收盘结束时，已经建仓了 6 个亿；到第二天，交易室又把剩下的 4 个亿建仓完毕，平均成本 3.13 元。到了第三天，江佑让交易室立马将这 10 个亿质押给 G 券商进行融资，这么一来账户上又有了 8 个亿，这 8 个亿分批建仓完毕。现在整个投资部的大账户里已经有了 18 个亿的 80ETF，平均成本到了 3.21 元，融资利息 5.5％。

这日收盘，江佑走到交易室说："大家这几天辛苦了，现在建仓完毕，就等待大盘上涨收割胜利果实了。"

建仓之后的几日，大盘还算给面子，上涨了 50 点左右。部门的同事都在赞扬领导的高瞻远瞩，期许着超额完成业绩，年底可以拿到更厚的年终奖。

可惜，好景不长。美国突然公布了非农就业数据，远超预期，这预示着全球宽松的货币环境可能会结束。果不其然，美联储鹰派的言论甚嚣尘上，暗示美国即将进入加息周期，美股应声上涨，其他国家股市不涨反跌。第二天，江佑集合部门开晨会，大家纷纷表达了自己的看法，有的认为应该降低杠杆，有的则认为应该还是会有独立行情的，毕竟上周已经小有浮盈。江佑则不断说服大家、坚定大家的信心，希望保持高杠杆投资。当日，A 股大跌 100 点，80ETF 收跌至将近 3 元。江佑对着大家说："大家都看到了最近市场表现可能有点不尽如人意，但是我认为这可能已经是最后一跌了，如果这时候我们降低杠杆，可能到时候行情反转，我们就难以抢到足够便宜的筹码了。所以我认为我们还应该保持现有的杠杆水平和投资规模，毕竟我们的成本是非常低的，大盘大概率不会跌太多。"投资部的同事们听了面面相觑，但是也不敢提出太多反对意见。这时，元禹趁机推波助澜一番："我同意，这时候不应该降低杠杆，我们甚至可以再申请更大的头寸，不断买入，降低我们的持仓成本，毕竟还在微笑曲线的左侧嘛。"江佑心中一怔，说："这个先暂缓吧，我们先观察下市场，后续再决定是否向公司申请更多的资金。"

接下来的一个礼拜，行情算是比较平稳，投资部的持仓已经有了2%左右的浮盈。许董事长对他们的判断也十分满意，毕竟才短短两个礼拜，账上的浮盈已经达到将近3400万了。江佑想，本来想帮助王董事长的，倒是一不小心帮助自己公司赚了钱了，不过这样也好，又想着是不是要更加激进一些，再向公司申请点头寸。

这一日收盘后，江佑把元禹叫到了自己的办公室，说："元禹，你这次的投资建议已经初见成效，我们现在浮盈将近

3400万。公司对我们部门十分满意啊。"元禹笑着回答:"哪里啊,都是您领导有方,毕竟是您坚定看多的。""那么你看看,既然这次机会那么好,我们是不是需要再向公司申请点头寸啊?"江佑得意地点了点头,接着说。

元禹闻言,心头疑惑更深,心想对面这位直属领导到底是想为公司赚钱还是另有打算呢,怎么看起来有其他目的。这么想着,他不由地走神了。"元禹,我在问你意见呢。"江佑看元禹走神,提了提音量。元禹缓过神来,立马答道:"抱歉,江总。我个人认为,可以再扩大投资额度,难得碰到这种历史性的投资机遇,这样才能奠定我们部门的核心地位啊!"这一回答正中江佑下怀:"好!那本周五我们部门开一个月度投资策略会,到时候由你来主持。""好!"元禹微微颔首。

周五收盘后,大家聚集到会议室。元禹打开了PPT:"各位,今天我们召开月度投资例会,主要是想探讨一下近期行情,以及我们投资头寸的问题。"随后,他分析了一下近期行情,并且罗列了部门盈利,最后建议加大投资头寸,将部门整体投资规模扩大到20亿,同样再利用融资融券,使总投资金额增加到36亿元。同事们看着近期平稳的行情,之前的担忧减轻不少,于是纷纷表示赞同。

　　江佑难得全程将话筒交由元禹，只最后总结了一句："好，大家既然都觉得元禹说得没问题，我们部门将继续向公司申请新的头寸，希望到年底能够获得丰厚的回报！元禹，你再写份报告给董事会，通过 OA 系统走，尽快申请新的头寸。"

　　报告出炉，许董事长和其他董事们看到投资部近期的盈利状况良好，再加上江佑提前在几位新董事间"活动"了一下，董事会最后同意投资部加大头寸进行投资。新的 10 亿资金按时划给了投资部。

　　钱到账后，投资部同样买入了 80ETF，然后用这个作为保证金融资，总共又建仓了 18 个亿的 80ETF，成本比之前的略高一点，大概 3.34 元。不曾想，建完仓的第三天，美联储宣布加息 1%，大盘急跌 100 点，又过了一周，央行宣布上调准备金率 1%——短短的一个月内，大盘急跌 300 点。此时，账面的浮盈早已经变成巨额浮亏，之前设定的止损降低杠杆风控，由于市场流动性变差，完全无法操作，眼看保证金可用余额就快要不足了。接连几天，安平集团的对口券商——中光证券信用业务部已经几次致电来催缴保证金了。

　　江佑终于坐不住，跑到了许董事长办公室汇报这一情况。江佑敲开了许董办公室的门，坐下后立马就开始汇报："董事长，我们没想到大盘会这么个走势，现在融资融券保证金余额不足了，希望公司能再给我们点资金，我们把这个余额补足，否则我们那几十个亿的ETF可能都得被平掉啊。"

　　许董事长一上午也是焦头烂额，连连后悔："你们真的太激进了！公司现在大部分的流动资金都给你们投资了，我刚问了财务部，目前账上现金就5个亿，你这么乱来，我该怎么向各位董事、向股东们交代?！赶紧降低仓位，财务部划款3个亿，先把这段时间撑过去。"

　　江佑低着头不敢出气，乖乖答道："好的，董事长。我们尽快降低仓位。"

　　江佑回到部门，面上蔫蔫的，心里却暗忖，这不是正好随了王董的愿。他立马悄悄打电话给王董："王董，我已经完成了您交代的事情，我们现在资金链非常紧张，你可以趁现在……"元达集团王董事长大笑一声，回答道："好小子，我就知道你厉害！"

　　王董事长把茶泡上，随即打电话给许董，寒暄之际不忘透露股权质押的事情："许董啊，最近怎么样啊？我们好久没见了，什么时候可得约个饭？""唉，公司一堆事情，想必王董也有所耳闻了，现在现金流有点跟不上，正好想向您啊借点钱周转一下呢。"许董很无奈地说。王董事长心想江佑那小子果真没骗他，于是接着道："那没问题，您有困难，我当然得出手。不过——我们这种小公司啊，平时账上现金也不太多，我借给您1个亿，您先拿去用。如果不够啊，我倒是有个渠道，可以给您说说。"

许董事长显然对各种融资渠道都很感兴趣，毕竟公司的流动资金着实紧张，只听她很快问道："什么渠道啊？我们大概还需要七八个亿吧。"王董事长笑着说："那简单，我认识个朋友，开了个投资公司，专门放贷给你们这种优质的上市公司，审批特别快，两天搞定，要是急着借钱周转啊，找他们挺好的。像银行，特别是这种大资金，不起码得批个一个月。"

这听起来可像是雪中送炭，许董赶紧问道："那可以啊，什么条件呢？不会是高利贷吧？""利息嘛，当然比银行高点啊，大概6%至7%，就是质押率稍微低点。"王董事长悠悠地回答，"三成。你要是贷10个亿啊，得质押30亿股权。"

"那还行，现在股票质押给银行也得6%了。"许董事长心中已经开始盘算起这事来了，但是她也有点犹豫，毕竟自己也才只有 45％的股权，如果质押过去了，万一出点什么问题，怕是公司都难保。

跟王董聊完，许董又立马打电话给江佑，询问现在的减仓情况："怎么样，仓位降低了多少？"江佑答道："董事长，现在市场流动性有点差，我们减仓了大概 3 个亿，买盘太少了，我们一减，价格就要往下拉，那剩下的仓位又危险了。"

许董听完，心中有些不安，脑海里下意识地想起王董事长刚刚说的投资公司，到了眼下，好像也只能一试。于是她立马把江佑和财务部经理叫来："江佑，你测算一下，你们现在慢慢减仓的情况下，还需要多少保证金。"江佑回答道："许董事长，我们测算了一下，大概还需要 8 亿到 10 亿。"目前公司账面上只有 2 亿左右的资金可以动用。为了补齐这个缺口，董事长让财务部经理把 25 亿市值的股票质押给投资公司，并让江佑继续减仓。许董又把投资公司联系人的名片递给财务部经理，说："你立马联系一下这个名片上的人，核查清楚，把我们现在有的股份质押过去，钱到账后立马给投资部冲抵保证金。"她又转头吩咐江佑继续减仓。

财务部经理立刻联系了投资公司，双方见面不到一个小时就敲定了计划，连着投资公司把股份质押过去，第三天就拿到

了 7.5 亿的短期借贷。可是屋漏偏逢连夜雨，大盘继续下跌，
颓势止也止不住，投资部的减仓由于买盘太少，也无法降低
杠杆。

　　许董事长现在也不回自己的办公室了，每天都在投资部亲
自盯着。

　　"现在情况怎么样了？"董事长盯着交易员的屏幕问道。
"董事长，我们还在减仓，但是真的想不到，大盘怎么会跌成
这样……"江佑在旁边候着，赶紧回答。"别废话，现在减了
多少？浮亏多少？"许董显然已经没耐心听他说任何话。江佑
见状赶紧回答："现在减了 4 个亿了，浮亏大概 6 个亿。"许董
事长沉默不语，只是接连叹着气。

　　大盘终于稳住了，但只是低位震荡，并不见好转。投资部
无法继续降低仓位。短期拆借和融资盘的利息每天都像吞金兽
般吞噬着安平集团的骨血，董秘和投资者关系部门每天收到的
电话都快接不过来了。

　　许董事长开完董事会还没走出办公室，就一头栽倒在地
上，被送上了急救车。幸亏没什么大问题，只赖近段时间过于

忧虑和操劳。许董听从医嘱，留院观察。一日，江佑拎着果篮，厚着脸皮到许董面前请罪："董事长，这次是我们判断失误，你要怪就怪我们吧。"

许董经此一事，联想前后种种，不免生出疑虑，然而自己也脱不了干系，只能无奈地说道："你啊你，让我说你什么好呢！事已至此，说什么也没用了。公司这次的巨额亏损，真的大伤元气！也怪我支持你们做这么激进的投资。唉……希望能够平安渡过这一劫吧。"

江佑也不敢多语，匆匆和董事长告别："董事长，您好好休息。我会尽快善后的。"他虽隐隐觉得有些对不起许董事长，但愧疚仅仅一闪而过。才出医院，他立马拨通了元达集团王董事长的电话："王董，我们的计划已经完成一大半了。现在我们账上的现金可能也就只剩下不足 1 个亿，给您的那个投资公司质押的借款利息都不止这个数了。只要拖延到到期日，目的就能达到了。"

王董事长对他赞赏不止："好小子。我再想想办法，干涉一下他们的正常经营，可能我们的大计就成了！哈哈。"江佑谄媚道："好，有需要我的地方尽管说。""好，等我们成功了，答应你的好处一分不会少你的。"电话那头的王董显然很高兴。

元达集团蓄谋已久的行动逐渐开展，王董事长让其公司大量订购安平集团的货物。许董事长还以为是来了一场"及时雨"，结果没想到这些买家一边大量订购货物，一边又在拼命拖欠货款，拉长账期。公司由于大量订货，加紧生产，导致上游原材料企业不停催账，虽然看起来经营状况很好，但是实际上资金链反而更加紧张了。

终于，股票质押的到期日来了，投资公司的人委托律师找许董事长谈谈关于到期还款的事。许董事长毫无办法，此时公司账上的现金只有5000万了。她质押的股份，即将被处理掉。这时，她才发现投资公司处理的股权，买家就是王董事长——这一切一开始就是个圈套！

回头去看投资部，江佑此时早已交了辞职报告，不知所踪。许董一气之下，又住院了，这一次长病不起，女儿在身边日夜守候。然而，一切的一切都晚了。安平集团的事情委托会计和律师处理着，每天都有上门讨债的人，公司上下焦头烂额，不少高管一个个先后提交了辞职报告。大厦将倾，树倒猢狲散的事情，大家也习以为常了。元禹看着自己的胜利果实，本应感到喜悦，但怎么也开心不起来。他提上一篮子水果，带了束鲜花，去了许董住的医院。

　　元禹到了住院部，对护士说："您好，我来探望许董事长，请问她在几号病房？"护士抬头看了他一眼说："请问您是她的哪位家属？"元禹迟疑了一下，说："我，我是她侄子，听说她病了，特地来看看。"护士回道："哦，探视时间不要太久，她在3号特护病房，她女儿在里面呢。"

　　元禹敲了敲门。许雅菁过来开了门，看见是元禹，眼眶一下红了。许雅菁含泪看着元禹："你来了。""嗯，许董……阿姨还好吧？"元禹问道。许雅菁的心理防线在看到元禹的一刹那，便崩溃了。她不知道要怎么回答他，只得拉拉他的衣袖，示意他先进门。两人进入病房，元禹看了看这个空落落、冷冰冰的房间，把鲜花递给许雅菁让她插好，自己找了个床边的凳子，先坐了下来。

　　许雅菁轻唤着母亲："妈，你看谁来了。"许董事长微微睁开眼睛，看见是元禹，便侧过身来，说："小元啊，你来啦。公司现在怎么样了？"

　　因着许雅菁在旁边，元禹不敢实话透露来意，便应承道："还好，都在等您康复了，回去主持大局呢。"许董事长微微笑了笑，转头向许雅静说："你去把这篮水果洗一洗、切一切，我和元禹有些话说。"许雅菁应了一声，提着篮子把门关好，出门去了。许董见女儿出去了，才用尽力气，指着元禹问："为什么？为什么你要帮着他害我？我到底对你哪里不好？你要帮着那个畜生整我。你们都是我最信任的人，我走之后，这个公司迟早是你们的，你们为什么这么急着把这个公司整垮呢？"

元禹吓了一跳，下意识地站了起来："我没串通任何人，只是——小小地推了江佑一把。"许董情绪有些激动，问："你为什么要帮他？我们有过节么？"

"我们倒是没有，可是我想问你，元董是怎么死的，你心里没数吗？"元禹等这一刻已经太久，终于把藏在心底的秘密说了出来。

许董的眼眸突然浑浊起来，情绪缓和了很多，叹了口气说："我当然知道，我还知道你就是他的儿子。"元禹听到这里心里一怔，问道："你既然知道我是谁，那你还问这么多干嘛？""我当然要问！我们见面的第一天我就调查了你，不是知根知底的人，你觉得我会把你留在身边么？我当时以为你只是想靠自己的实力，一步一步稳扎稳打，才没有戳穿你，让你进入了集团。没想到，你在岔路上居然走了这么远？你这么费尽心机，到底是为了什么？"许董接着说。

这时候元禹难掩情绪激动，"噌"一下从凳子上站了起来，说："为了一个机会，就是现在，站在你的面前，问你一个问题。你说！我父亲到底是怎么死的？"

"你不是查过记录吗？怎么死的你应该清楚了。"许董也异常激动。

"我当然清楚。那天去探病的人我都看过，你走了之后没多久，我父亲就去世了。而且，有人看到，你们之前大吵过一次。那天杀人动机最充分的，就只有你了。事后，你顺理成章地代管了他的股份和管理权，前后交接和善后不过一个星期，这么快就能搞定，你还不承认自己是有预谋的？！"

听完元禹这番话，许董叹了口气说："唉，没想到你竟误会这么深。不错，我们之前是有吵架，但原因也不是我们起了冲突——当时，江佑利用资本侵吞了我们下游产业的一个公司。这家企业做得挺不错的，我们的资本一介入，就这么一进一出，获得了这家公司的管理权。其实，当时收购这个公司的时候，就是为了获得它的核心技术，目的达到了，这个下游企业也就被江佑解散了。上千人的饭碗啊，说砸就砸了，好好一个企业，也就这么完了。江佑利用这项技术和新招来的人重启了一个项目，从此就替代了这家公司。这件事对于我们公司来说，倒没什么，但社会影响太大了。你父亲气不过他这么做，非要开除了江佑，我嘛，你也知道，太爱惜人才了，才和你爸说情。我告诉他，资本市场本来就是这样的，他做实业太久了，应该换换脑子了。你爸这才和我吵了起来，说没有实业发展，净整这些虚的，老百姓喝西北风去啊？我当时也是有点上头了，所以才吵了起来。但没曾想，就几天的工夫，他就这么去了。"

元禹听了这个全然不同的故事，一时有些难以置信，质问道："真的不是你？"

"当然不是我，我要害他，当时就不会在他落魄的时候救他，更不会帮他坐上董事长的位置。你要知道，这个集团花了我多少心血！"许董事长用尽最后的力气大声对元禹说。

元禹瘫坐在椅子上，此时，他的脑子里很乱。"那……那会是谁？"他在心中问自己。许董看出了元禹的心思，安慰他说："你别疑神疑鬼的了，你父亲真的是自然死亡。不信的话，这是他的主治医生的电话，他现在应该在国外进修，你可以打电话给他。"

元禹收下印有电话的名片，小心存好，将信将疑地说："那我姑且信你一次。如果让我知道你骗我，我饶不了你。"

"孩子气。你打开那边的抽屉，看看里面是什么。"许董说，"就等你签字公证了。本来想着有一天，等你长大，羽翼丰满的时候再给你，但现在，我看我是等不到了。"

元禹起身去打开抽屉，里面放着一张股权转让协议。这份协议砸得元禹一头懵，不知说什么好，质疑和愧疚交缠。我错了吗？是我错了吗？正想着，许董拉了拉元禹，说："你离我近一点，我还有话说。我和你爸这辈子，也算是赶上了改革开放的大潮，本以为可以给你们攒下些东西。可你看，这一眨眼又要没了。其实呢，你说这钱不钱的，到我们这会儿，真已经没那么重要了，只要人还在，人还在，一切都还能重新开始。但我……我现在是不成了，你还年轻，你一定要成啊——"说着，许董已经气喘吁吁，但执拗的她还是要拼命从嗓间挤出声音。

这时许雅菁进门来，看见母亲的状况，果盘落地，急忙扑向床前。许董见是许雅菁进来了，拉了拉她的手，对她说："以后就由你元禹哥哥照顾你了，妈妈不在身边，你也要快点成长起来呀。"说完，许董扭头去看元禹："我这一去，雅菁就交给你了，你要好好照顾她，你要敢欺负她，我做鬼也不会……"许董吃力地说着这番话，握着许雅菁的手突然失去了力气，眼角还挂着一滴泪水，眼睛却慢慢地闭上了。

"妈——！"许雅菁大喊一声，眼泪奔涌而出。

元禹一面按着床头的呼救铃，一面着急地夺门而出，拼命呼喊着医生。但医生进入病房的时候，一切似乎为时已晚。在这个安静的夜晚，心脏监控仪上的图像变成了一条直线。

许雅菁抱着母亲大哭，亲人们都离她而去了，这世界上真的就只剩下她一人了……

第八章　纵横捭阖　亮剑期权

接下来的一个月里，证券市场持续窄幅震荡，正中元禹下怀。许雅菁和元禹领着全公司通宵达旦，有条不紊地处理公司的资金问题，情形终是……

清晨，天色有些阴沉，草上的露珠仿佛是未流尽的眼泪，墓地前，三三两两的人群已经开始忙碌起来。一袭黑衣的许雅菁面无表情地站在最前面，红肿的眼睛好似在说着悲伤。在一旁扶着她的是夏楚薇，表情同样凝重，小声安慰着。元禹和陆恺之两人忙前忙后，接待着前来吊唁的人们。

　　母亲从此长埋地下，在一众亲友面前故作坚强的许雅菁再也控制不住自己的泪水，伏在冰冷的石碑上失声痛哭。元禹和夏楚薇赶忙上前搀扶，但许雅菁就是不肯起来，或者说是，根本没有力气起来。美好无忧的日子，就这样结束了，一切痛苦又是那么地沉重。陆恺之引导着来送行的人群上前鞠躬致敬。人们在简单安慰许雅菁后，又三三两两地离开。

　　这时候，不远处的人群传来一片聒噪，几个人走了过来，原来是许董事长生前的几个生意伙伴。他们走上前来，先鞠了一躬。紧接着，他们中一个瘦弱的中年男子低声说道："许总，

您请节哀顺变，公司以后还要靠你维持，你可不能倒下啊。"
另一个胖老板也附和道："是呀许总，许董事长生前一直挺照
顾我们这帮老伙计的，她这一走我们的伙伴关系以后就靠你维
系啦。"

此时，另一个毫不客气的声音传来："还维系个啥啊，少
搁这儿装蒜，他们家的公司都快完蛋了，欠我们的尾款什么时
候还啊？"

元禹和许雅菁认出他了，他姓陈，跟公司在业务上算是常
来常往了。稍显瘦弱的那位老板面露尴尬，赶紧拉了拉陈姓老
板："老陈，你怎么说话的！人家家里办丧事呢。你要账不能
过几天吗？"

陈姓老板看起来火气不小："过几天？我前脚走，留你们
在这儿，后脚账上有点钱都先给你们俩是吧？"场面一度十分
尴尬，稍胖的那个老板也过来拉住陈总："老陈你这话怎么说
的，今天大家都是敬重许董的为人，来送许董最后一程，你这
就有点过分了吧。"

见同行来要账的几个人都不站在自己这边，陈总有些气急
败坏："好好好，我过分，你们都是好人，你们都别要债，都
喝西北风去吧。我就一句话，只要给我一个还款期限，我老陈

也不是不通情达理的人。给我一个日期，我马上走。"

这时，场下的人群开始窃窃私语，有的皱着眉，有的点点头，觉得老陈说的也有几分道理：安平集团要是倒了，借出去的钱要不回来怎么办？瘦老板首先发话："小许总，元总，要么给个期限吧，让大家心里也有个底。"胖老板附和道："要不先给大家打点尾款也行，表示下诚意，反正你们也不差这么点。"

场下突然开始混乱，人们七嘴八舌地表达着自己的想法，许雅菁则靠在母亲的墓碑旁哭泣，面对眼前的一切深感无力。这时，一个雄浑洪亮又略带四川口音的声音从人群后面传来："干什么！这是干什么！我看这是谁闹事呢？人家家里面刚刚出了这么大变故，你们就上门找一女的讨债，是什么道理？还有点良心吗？啊?!"分开人群，灵枢制药的唐总经理从后面走来，后面跟着灵枢制药的几个高管，一个个神情肃穆，怒视着周围的人群。

唐总经理先是向许董事长的墓碑鞠了三个躬，又握住元禹的手，有点颤抖，却握得很紧实，真切地说道："元禹小弟，老哥哥来晚了，你别见怪。"

元禹激动得没说出话，只是点了点头表示感激。唐总经理看了看石碑旁的许雅菁，轻声安慰道："傻姑娘，你快起来别哭了，地上凉。你母亲虽然去了，可这不还有这么多朋友嘛？你放心，有大哥和元禹在，什么坎儿都能让你过去，快起来吧。恺之，快扶她起来。"唐总说完，许雅菁在陆恺之和夏楚薇的搀扶下缓缓起身，向唐总经理回礼。唐总经理点了点头，又握住元禹的手说道："上个月还好好的，就一个月的工夫，咋就变天了？世事无常啊小老弟，你好自珍重，节哀顺变吧。听说你们公司现在比较困难，别硬抗着，有什么用得到老哥哥的地方尽管开口就是了，咱俩别不好意思。"

元禹感动得快说不出话来："谢谢你唐大哥，有你这句话，我就放心多了。"

唐总经理转向熙熙攘攘的人群，大声说道："各位亲朋好友，许董事长现已入土为安，辛苦各位能来送她最后一程，我谨代表许雅菁女士向大家再次表示感谢，大家回程注意安全。生意上有什么事情，明天可以去公司谈。"老唐叱咤商场这么多年，几经浮沉，还是有不少威望的，人群中议论的声音顿时小了很多。

见到唐总站出来为自己撑场子，元禹的底气也足了，赶紧向大家承诺："没错，有什么问题，明天请到安平集团，到

元禹的办公室来，我会把你们想要的都给你们准备好。但我们
丑话说在前面，明天的账清了以后，安平和各位以后各走各的
路，互不打扰。什么生意不生意的，明天之后也不要再提了。"

瘦老板见这架势，估计这安平集团还是有救，心里一盘
算，连忙道："这话说的，元总您也不要动怒，是吧？"胖老板
又跟着连声附和："就是就是，年轻人，别动这么大肝火，有
啥事情我们后面好商量不是？生意哪能做得完哦，你们先忙，
我们先走了。"

在场剩下的人们低声议论了几句，有的推推搡搡地走了，
有的欲言又止，看看旁边的唐总经理，觉得不方便再说什么，
最后也都走了。

这边葬礼才刚刚结束，带头找茬的陈总已经出现在了江佑
的办公室里。

江佑点起了烟，掩饰着自己内心的小算盘："怎么样，你
们过去闹出点什么名堂没？"陈总有点丧气："嗨，别提了，眼
看气氛就要带动起来了，可谁知半路杀出个程咬金来。你还记
得当初那个灵枢制药吗？""当然记得。"

陈总说起来有点咬牙切齿："他们那个总经理来了，还是
带着人来的。在葬礼上，这老小子特别横。上来就说要支持元

禹，有什么事情，冲元禹也就是冲着他，让我们有啥事情公司说去。"

江佑不自觉地掐灭了烟，又故作镇定："然后呢？"陈总说起来怒气冲冲："然后？然后大家就怂了呀。这老唐什么人啊？人家啥股东背景，我们啥背景啊。而且，在场的其实就没几个想闹的，所以也就都扯了呗。"

江佑把熄灭的烟头在烟灰缸里狠狠地压了压："哼！这老东西，今天强出头坏我好事，早晚连他一起收拾了。"这话勾得陈总也是怒不可遏："可不是嘛，咱可不能饶了他们。"

对于唐总要帮元禹和安平集团的决心，江佑将信将疑，毕竟灵枢制药是国企背景，也不方便多做干预。江佑猜想唐总不会太儿戏："嗯，我这边继续拖着他们的货款不发，你那边接着找他们要账去，我就不信，这老唐敢抵押他的厂子来帮元禹。就是拖，也得拖死他们！"两人就这么密谋着，一聊就是一下午。

葬礼第二天，投资部的办公室里，元禹、许雅菁和唐总三个人围坐在茶台前，一脸愁苦地喝着茶。今天虽然来要钱的人少了些，一部分还让老唐给挡了回去，可这样下去也不是办法。公司股权被质押，钱全被套牢在二级市场里，公司的现金流也由于尾款未追回而面临枯竭的情况。最可怕的是，所欠款项每一天都在产生利息，利滚利下去，实在是等死的节奏。

老唐首先打破了沉默："元禹老弟，老哥这次站出来挺你，那是没说的。我们厂的员工大会也是全部举手通过的。可是咱们这股东，确实对我限制太多，有些事情，做了就是违法，所以我也只能给你提供有限的现金帮助了。但要说把你的债全还上，那恐怕是很难了。"

元禹很是感动："唐大哥，您能站出来为我们说话，已经是雪中送炭了，我一定不辜负唐大哥的期望。"短短几句话，唐总听出了元禹心中的底气："哦？听你这意思，是已经有解决的办法了？"

元禹："虽没有十足的把握，但我们可以试一试。咱总不能在这等死吧？"闻言，刚刚还神情呆滞的许雅菁眼睛里放出了光："怎么说？你快和我们讲讲。"元禹倒是不紧不慢、不慌不忙："不急，我先问清楚情况。楚薇，你进来一下。"

夏楚薇推门进来，姿态优雅干练："有什么吩咐吗，元总？"

元禹问道："咱们公司有开过股票期权账户吗？"

夏楚薇回忆了一下，好像印象不深："股票期权？这个好像没有。听说这也是最近几年刚出来的，谁也没弄明白到底怎么回事，而且听说还得考试什么的，所以就没想着去开。"

"好，没关系，你和我一起去开一个吧。"元禹说罢，送别唐总，出门径自直奔市中心。

上海的夏日午后，路上行人神色匆匆，一半是因为上海高速的生活节奏，另一半则是因为这避之不及的鬼天气。安琪百无聊赖地看着时针走向三点，一边庆幸自己工位紧挨着冷气，一边觉得自己闲得都快凉透了。她是美国知名大学金融工程学的大三学生，趁着暑假回国在某券商市中心营业部做暑期实习生兼专员助理，负责期权部的接待及数据研究。

刚开始安琪很是兴奋，场内期权在国外有 40 多年的发展历史，被誉为"衍生品皇冠上的明珠"，这可不是一般人能玩得转的。国内第一只场内期权——上证 50ETF 期权，2015 年 2 月 9 日才在上海证券交易所上市，在国内可还是新鲜事物。刚接到期权部 offer 的通知时，回国实习的安琪早已构思出一场暑期一鸣惊人、毕业回国转正升职加薪、出任期权部门总监、泡到小鲜肉，走上人生巅峰的戏码。结果报到当日她就傻眼了：位于国际化大都市上海著名金融区——陆家嘴的大营业部，期权部的员工总人数就三人。

更让安琪无所适从的是，第一天拿到材料开始熟悉期权知识后，她几乎一周也见不到一面她的 mentor——全营业部唯一一个期权专员，还天天出去拜访客户——办公室里常常只剩下负责考试和风控的老师及她。于是乎，安琪只好安慰自己，面包会有的，客户也会有的。她花了一周的时间，加班加点地把期权材料给看完了，现在在前台接待来开户的投资者们。

因为是大券商的大营业部，又位于市中心，所以客户量倒是挺大。经常会有一些人来找她咨询如何开设期权账户，但大多都不符合开户条件。安琪一遍又一遍给客户做讲解："咱们期权账户可不是随便开的，按照交易所的规定，投资者必须满足'五有一无'的标准才能够开立账户，这'五有一无'可不简单，我来一起给你们念一下吧：一是申请开户时托管在其委托的期权经营机构的证券市值与资金账户可用余额，不含通过融资融券交易融入的证券和资金，合计不低于人民币 50 万元；二是指定交易在证券公司 6 个月以上并具备融资融券业务参与资格或者金融期货交易经历；或者在期货公司开户 6 个月以上并具有金融期货交易经历；三是要具备期权基础知识，通过上交所认可的相关测试；四是要具有上交所认可的期权模拟交易经历；五是具有相应的风险承受能力。至于这'一无'，自然是不能有严重不良诚信记录和法律、法规、规章及上交所业务规则禁止或者限制从事期权交易的情形……"安琪不厌其烦地重复着，希望客户们理解自己的工作，不是自己不给他们开户，而是做不好投资者适当性管理的话，最终受损的不只是投资者的钱袋子，还有公司的声誉，严重的还会被监管机构处罚。

来开户的客户中不乏一些精神矍铄的大爷大妈，别看他们一把年纪，但他们这辈人，年轻时接受过高等教育，中年又赶上改革开放大潮，年纪大了，积蓄不少，时间也多了，都是有钱又有闲的优质投资者。只是，这期权测试对老年人来说实在太难，一个接一个地在学习中败下阵来。安琪看在眼里，急在心上，可规定就是规定，她又不能代考，只能在几位老阿姨头昏眼花地走出考场后安慰对方。

大爷大妈们没通过测试倒也没那么沮丧，反而拍着安琪的手安慰说："小姑娘啊，我们几个是过不了考试了，家里的小孩子肯定能过，下次我把他带来，你教教他。哦，对了，小安啊，你现在有没有对象啊……"这话题转得猝不及防，吓得她以为自己仿佛身处人民公园相亲角，赶紧一边赔笑脸，一边找借口离开。

实习的日子就这样一天天过去了，每天来考试的人都很多，成功开户的却一个都没有。经过两个月的不懈努力，安琪最终成功为 1 人开户。那人还是个大学生，被他的母亲拉着过来，说是拉他来开户，实际上是想让他来看看安琪，盼着两人能对上眼。安琪简直欲哭无泪。

正在安琪沮丧的当口，耳畔传来低沉的嗓音："您好，请问期权开户是在这吗？"

安琪抬眼便看到了元禹高大的身材和俊秀的面容，不禁一个醒神，瘫着的身子立刻坐正了。只见来人五官深刻，英气十足，特别是那一双明眸眼神有力。

没等她回过神，开户需要填写的材料已经递到了眼前，字写得工工整整，材料的排序也是完全按照营业部的开户规范放的。安琪一边处理材料，一边记住了上面姓氏稀有的名字：元禹。

安琪掩饰住内心的波澜，然后例行程序："您好，元先生，根据交易所要求，我们的开户全程录音录像，您的公司符合普通机构投资者的申请要求，接下来请参加我们的期权测验。"

她带元禹走进考试机房，输入密码进入考试系统，心里暗暗为眼前的帅哥加油打气。

元禹在美国的时候就对期权关注许久，自是知道相关信息的。期权是衍生品中交易活跃的那一类，期代表未来，权代表权利，实质是买卖双方约定在未来某一时刻以固定的价格买入或卖出某项资产的选择权。期权买方缴纳权利金，也就是期权的价格，即可享有行使合约的权利，而卖方获取了权利金，也要承担起买方行权时提供相应的钱或者券的义务。

期权按照权利的类型可分为两种，认购期权是指以约定价格买入标的的权利，锁定了买入价；而认沽期权则是指以约定价格卖出标的的权利，锁定了卖出价。若以行权的时间分类，期权亦可分两类，一是欧式期权，即只有期权合约到期当天才可以行权，就像电影票，只在对应的时间点方可进场，上交所的上证 50ETF 期权就是欧式期权；二是美式期权，即从买方买入开仓的第一天起，直到到期日，都可以行使这一权利，就像月饼兑换券，在中秋节前后的一段时间都可以使用，其定价相较欧式期权更加复杂。期权的到期日就是它的生命线，上证 50ETF 期权的到期日是每个月份的第四个周三，如果过了到期日，期权就失去了行权的效果，也就成了废纸一张。元禹回国之前，得知国内又推出了白糖和豆粕等多种商品期货期权，设计采用的则是美式期权的交割方式。这是因为上证50ETF期权的标的是50ETF，每日成交量活跃，而期货期权的标的是期货合约，一般来说成交量较小，流动性较低，若采取欧式，则在到期当天很可能没有这么多的期货合约。

机构投资者的考试题库比个人投资者的难，但这自然难不倒我们金融专业出身的元禹。他拖动鼠标扫了一遍题目，左手拿笔右手勾答案，20分钟不到一气呵成。

机房外监考的安琪就这么盯着元禹的侧脸犯了整场花痴，考试时间一到，只见元禹大步流星地走出考场。考试系统显示，元禹拿到了满分，安琪只觉眼前之人的白衬衣都闪着耀眼的光。毕竟，本月绩效上升100%。

安琪暗自为元禹激动："元先生，恭喜您通过了考试，全对喔！我是期权部的分析员安琪，这是我的名片。"

元禹双手接过了名片，十分绅士："安琪您好，谢谢您为我开户。"

对于这位拿到期权开户考试满分的帅气男士，安琪掩饰不住内心的好奇："元先生，您也太厉害了吧，居然全对。您以前有做过期权交易吗？"

元禹谦虚道："没有没有，就是在国外上学的时候研究过一点。我还有点事啊安琪女士，以后交易的事情可能还会再来麻烦您。咱们下次再见啦。"

言罢，元禹快步离开，毕竟一会儿还要再去开个商品期权的账户，一下午俩考试，这节奏跟当年读书时候期末考似的。

大帅哥这么冷冰冰，只能让安琪叹气作罢。

回到公司，元禹开始和许雅菁着手研究公司的拯救计划。会议室中，两人面前放着一摞资料，详细地标注了公司各业务线的运营近况以及资金情况。许雅菁红肿的眼睛难掩悲伤，她看了看边上的元禹，后者正蹙着眉头快速地翻阅着资料。许雅菁深吸一口气，微凉的空气刺激着肺腑，她强迫自己冷静下来，母亲已经走了，不可以放任自己沉溺在无尽的悲伤之中，至少，现在不可以。

翻看了一会儿，元禹暂时放下了手中的资料，抬起头看向许雅菁："现在看下来，最大的问题就是需要筹集资金解决债务问题。雅菁，集团其他部门的运营我平时没有接触过，并不是很熟悉，特别是生产线。你在公司的时间比较久，可以帮忙看一下这几个部门的情况吗？不知道是不是可以临时抽点资金出来？"

许雅菁看着元禹的眼睛，他的眼神透着安慰与鼓励，疲惫的精神仿佛有了支撑，大脑逐渐恢复清明，眉头也渐渐展开："好。"

元禹转头继续看面前的材料，浓浓的墨眉之间多了一丝忧虑之意。生产制造是公司的主营业务，每年专门划拨的大额研发预算是公司这么多年傲立行业顶峰的关键，若此刻大额抽调研发部门的资金，犹如饮鸩止渴，伤其根本，公司恐怕会被同行迅速超越。不到万不得已，不能走这步棋。这样一来，只能从公司的投资头寸下手。更何况，从投资部刚刚送来的账户分析来看，各项风险指标已经到了临界值，减仓势在必行，关键是如何减仓才能最大程度地降低亏损。

忽然，许雅菁好像想起了什么，抬头看向元禹："采购部那边之前刚出了采购计划，准备大批量地采购原料以应对未来半年原料的上涨风险，这笔资金不知道是不是可以先挪过来解决当前的问题。不过——这样的话，万一将来原料上涨，到时候采购原料就需要承担更高的成本了。"

闻言，元禹沉思片刻："这笔资金有多少？"

许雅菁看了看手里的文件："两个亿左右。"

元禹想了想，在草稿纸上写写画画："调90％出来，剩余10％按照原料需求，买入相应数量的商品认购期权，提前锁定原料的买入价格。如果未来原料上涨，我们也不需要承担更高的成本。"

许雅菁愣了一下，惊讶于他的敏捷思维。毕竟突然间能抽调两个亿出来，多多少少能缓解当前的局面。

元禹说完又摇了摇头："还是不能高兴得太早，最棘手的问题还没解决。"他甩了甩手里的账户分析报告："把这个肿瘤切了才有机会活命。"

许雅菁终于展颜一笑："我相信你。"

元禹看着许雅菁，她的眼睛里终于有了几丝光华。想起在葬礼上，她伏在墓碑上，元禹感觉自己的心仿佛被揉在了一起，那一瞬间，滔天的悔意像一座漫无边际的山向他压来，让人透不过气。是的，他后悔了。然而大错已经铸成，无以挽回，现在唯一能做的只有帮她守住公司，不让她母亲半生的心血落入他人手中。

元禹："我看过公司的证券账户持仓了，现在最要紧的就是赶紧减仓，解决公司资金流动性的问题。"

"现在减仓，那不就是割肉了吗？"

"亏损已经不可避免了，留得青山在，不怕没柴烧，先减仓三分之一。现在账户风险度太高，若是想硬抗着浮亏直等到行情好转，反而会影响到公司其他业务线的运营。"

许雅菁咬了咬嘴唇，脸上满是担忧："可是我们现在的持仓量那么大，如果短时间内集中卖出，会造成市场冲击，交易成本会非常高。"

元禹："我们可以构造一个零成本的期权领口组合。这个策略由股票和期权构成，在持有股票和认沽期权的同时，卖出一份通常为虚值的认购期权合约。买入认沽期权是为股票提供下行方向的保护，即使在卖出股票的过程中，股票价格大幅下跌，还能在期权端对冲风险。而卖出认购期权是为了获取权利金以降低该策略的成本。若是卖出认购期权的权利金能够覆盖买入认沽期权的保费成本，就能实现零成本的保险策略。"

"零成本的保险策略？从小我就被教育没有绝对的好事。凡事有利有弊，那这个策略的弊端在哪儿？"

"是，它的零成本是有代价的。当标的证券的股价超过认购期权的行权价时，投资者将被行权并需要按照行权价格卖出，因此无法获得潜在的股票上行收益。换句话说，是拿上行收益的潜在可能换取了成本。不过，既然我们的目标是为了对冲减仓时的价格下行风险，这个放弃潜在上行收益的缺点对我们来说并无影响。"

许雅菁想了想，答道："嗯，这样就好。减仓三分之一，那剩下的三分之二怎么办？"

"原料采购那边调过来的两个亿，加上减仓所释放出来的资金，再加上唐总的帮忙，应该可以暂缓燃眉之急。剩下的三分之二仓位不急着出手了，一旦行情暂缓，我们可以采取期权的备兑开仓策略，降低持仓成本。"

许雅菁静静听着，在空调尽心尽责的工作下，会议室的温度慢慢变得舒适，慌乱的心情慢慢平复，原本紧绷的神经放松了下来。她看着眼前的男人，才几个小时，他就已经理清了思路，分清主次，对症下药。利用商品期权抽调资金，利用股票期权的领口策略降低减仓的交易成本。有他在身边，许雅菁生出了莫大的勇气。

元禹继续说道："备兑开仓策略，我们也可以把它叫做'包租婆'策略。遇上房价不涨的时候，很多投资二手房的投资者会选择暂时将房子租出去，每个月收入房租来降低持仓成本。其实利用期权也可以构建类似的'收租'策略，在预期未来标的证券会处于不涨或者小涨的时候，通过备兑开仓策略来增强收益，降低成本。这个策略的构成很简单，就是在持有标的证券的同时，卖出相应数量的虚值认购期权，获得权利金的收入。"

"卖出认购期权？可是你之前说过做期权的卖方需要缴纳保证金，但是我们已经没有多余的钱缴纳保证金了。"许雅菁有些不解。

元禹解释道："没关系，备兑方可以锁定持有的标的证券来作为担保，不需要额外缴纳现金作为保证金。"

"如果股价一直不涨，我们就可以一直滚动操作这个策略？"

"是。如果股票没有涨过行权价，我们将每月稳定收入权利金。通常，策略的实施者会选择卖出轻度虚值的认购期权，也就是判断标的未来的涨幅不大。我计划卖出虚值度5%的认购期权。"

这时，许雅菁突然反问道："如果股价大幅上涨呢？"

"那我们将被动以行权价格卖出持有的股票，不再享有股价超过行权价部分的收益。不过，换个角度想，那时的卖出价格将远远优于现在的市场价，而且完美地避免了直接卖出ETF

可能带来的冲击成本。"

"这么说来，无论是震荡行情，还是上涨行情，这个策略都可以实现正收益。"

元禹揉了揉发胀的太阳穴："对，这个策略最怕遇到大幅下跌的行情，虽然现在行情看着企稳，但后续还是要严密监控市场动向。"

看着他眉眼间的疲惫，许雅菁忽然有点心疼。她转身倒了杯水，递给元禹，关切地说道："你先休息一会吧，我去采购部那边看一下情况，计算一下具体能抽调出来的资金。"

元禹接过水杯喝了一口，耙了耙头发："算了，一起行动吧，你去找采购部，我去召集投资部讨论交易方案。行情不等人，不知道明天那些讨债鬼会不会上门。"

许雅菁闻言有些犹疑："万一……你之前说今天给他们一个交代……"

元禹笑道："我也就是诈诈他们，在探明虚实之前，他们不敢贸然彻底和我们翻脸。话说回来，那天也是多亏了唐总。"

"嗯，那天多亏了唐总。不过，唐总会出面，也多半是因为你。"

"别担心了，如果那些讨债鬼再敢来，我就让陆恺之背两把开山大斧挡在公司门口。"

"噗嗤"一声，许雅菁被逗乐了："一夫当关，万夫莫开吗？"

"嗯，他小时候的绰号可是弗拉明戈·卡门。"

接下来的一个月里，证券市场持续窄幅震荡，这正中元禹下怀。许雅菁和元禹领着全公司通宵达旦，有条不紊地处理资金问题，终见起色。刚缓过气来，他们赶紧宴请唐总，表达谢意。

唐总早年在四川待过十几年，川菜的麻、辣、鲜、香深入骨髓，一日不进川菜馆子就觉得心里空落落的，可惜年纪大了，各项指标超纲，媳妇儿管着不让吃得太油腻。元禹打电话过来邀约，可算让他找到了放风机会，点名城西一个巷子里的川菜馆。馆子身处一个僻静的巷子，里面人声鼎沸，元禹开着车兜了三圈才找到地方。等他和许雅菁到时，唐总已经熟门熟路地点好了菜，在包间里喝着茶。

唐总："哎呀，你们来了呀，快坐快坐，么妹儿，水煮鱼可以上了。"

　　唐总是钓鱼高手，一落座就开始讲鱼的典故，从四川新津的黄辣丁、桂北山区的禾花鱼讲到黄河源头的鳇鱼："这个水煮鱼啊，讲究的是火候，放久了，鱼肉就煮出了纤维，一定得等你们来了再下锅。"

　　元禹："不好意思不好意思，唐总，我们来晚了。"

　　唐总反客为主，给元禹倒上酒："没事，这地不好找。我看了看股价，你们公司的事应该有缓和了吧？"

　　许雅菁一脸感谢："现在缓过来了，真的非常感谢您，唐总。"

　　唐总："哎呀，谢什么嘛，我老唐，有恩必报，做人，仰无愧于天，俯不怍于地。元禹帮过我，现在他有事了，我拼上身家性命都是要帮你们的。"

　　元禹举起酒杯，红着眼睛，敬了唐总，一饮而尽。滴水之恩，涌泉以报，响当当的男子汉，重情重义的元禹敬佩这样的人。

　　席后，喝多了的元禹坐在许雅菁的副驾驶上，昏黄的路灯忽明忽暗地掠过他的眉眼。许雅菁时不时地转过头去确认他是不是安好。酒劲上来，元禹的脸涨得通红，额头上不停地冒着汗。好不容易等到一个红灯，许雅菁探过身去仔细地帮他擦了

汗。红灯快转绿了，许雅菁正准备抽回手，却被人一把抓住。

元禹蓦地睁开双眼，在他深邃的眸中，许雅菁仿佛看见了星辰大海。

只听元禹一字一顿地说道："雅菁，我想照顾你一辈子。"

第九章　急流勇退　安固耕耨

"你们投资部要做的就是协助我做好大类资产配置这件事。

而且，我想将 ETF 作为大类资产配置的重点。这是我的一个

构想。ETF 在未来绝对是大势所趋……"

经过上次集团去杠杆和利用期权进行风险对冲的事情之后，元禹在投资界名声大振。大家对这个新上任的总经理由开始的不服到现在的深深的敬佩，连资历较老的董事也不得不承认江山代有才人出。上海的投资界都知道了安平集团新上任的总经理是少有的青年才俊，年纪轻轻便可独挑大梁，将安平从破产边缘拯救了回来。而此时的元禹，在历经各种惊险，绝处逢生之后，也放下了心中的仇恨和过往。他，现在就如同获得重生一般，准备在这十里洋场书写自己的人生，同时内心也有了想要守护的人。之前因为介怀上一代的恩怨，他极力地想要忽视许雅菁的存在，内心也曾经无比地挣扎，但现在一切烟消云散，他想要以最虔诚的姿态重新追求许雅菁。

元禹对着镜子整理了一下自己的领带，又想到了之前许董的嘱托："这家公司是我和你的父亲一起创立起来的，我希望你能带着我和你父亲的希望继续努力下去。另外，我的女儿是我唯一的掌上明珠，她的前半辈子我都小心翼翼地护着，人生没有经历过太多的风浪，我希望她可以一直保持现在的乐观与幸福，但我可能是做不到了，你能帮我继续替她遮风挡雨吗？"彼时尚未定心的元禹，在病床前郑重地点了点头，而现在，也到了他履行这个承诺的时候了。

一早，元禹就到了公司，今天是他换新办公室的日子，他需要早点到，以便腾出时间整理整理。他将进入公司以来所有的文件一叠一叠地放进办公抽屉里，将喜欢的书籍一本一本地放上书柜，每完成一步，都仿佛更融入这个办公室一分。当手指触到克莱门特·朱格拉的那本《论德、英、美三国经济危机及其发展周期》时，元禹脑海里灵光一闪，或许他现在可以做些什么。上班的人陆陆续续地抵达。元禹吩咐下去："召集一下各部门的经理，上午10点大会议室开会，另外，投资部的新主管陆恺之，你让他也要准时参与。"

"好的，总经理。"

上午10点，大会议室里，元禹郑重宣布："各位，上午好。今天是我上任后第一次召开全部门的会议。这次会议，我主要有两个目的。自从前任投资部经理背叛公司后，这个重要的岗位也一直没有人担任。我从进入公司以来就在投资部工

作，对投资部的众人和职责有比较清楚的了解。在座的每个人都是公司重要部门的负责人，身居要职，能力固然重要，但对于公司的使命感和忠心我更为看重。所以我今天第一件要宣布的事情就是，陆恺之，在经过我的认真考核和长期观察后，有能力且有责任心担任投资部经理。"

各部门负责人一片哗然，没想到新总经理一上任就发出了这么重要的任命，谁不知道投资部现在是集团最核心的部门，投资部经理的权限几乎仅次于总经理。总经理这么迅速的任命，看来是要在集团有大动作了。短暂的哗然之后，下面很快就有人带头鼓掌，带动了一片掌声。各部门经理经过这次的集团"动荡"之后对总经理的实力是有所了解的，他们相信他的决定不是心血来潮，而他们只要服从他的命令，好好工作就行了。陆恺之则是愣在了座位上，他虽然觉得元禹当了总经理后自己能跟着沾光，但没想到自己竟然直接被提到了投资部经理的位置。

元禹接着说："我的第二个目的就是想了解一下各位部门负责人对集团未来发展的建议和定位。现在集团涉及的领域太广，很难实现规模效应。我认为集团发展的核心不在于多领域发展，而在涉及的领域能够专业卓越。不知道你们对于这方面怎么看？"各个部门负责人闻言无一不是心里一个激灵，这意思是要合并或裁撤一些部门的意思吗？他们岂不是要失业？良久的沉默后，一位部门负责人鼓起勇气："总经理，集团各部门的分工都很明确，而且每个部门都花了不少的人力与财力才发展到现在，如果突然撤销，怕是损失太大。"

元禹扫视了一圈各部门经理，顿了一顿才说道："我没有说会立马撤掉哪个部门，但我也绝对不允许哪个部门成为公司的寄生虫。你们回去后，每个人都写一份部门近期发展规划出来，比如产品部近期推出的产品方向是什么，为什么沿着这个方向发展，人力预算、历史沿革以及市场判断，最好讲讲有亮点的研究成果，让大家看一下你们的实力。如果没有什么其他的建议或异议的话，今天就到这吧，散会。陆恺之到我办公室来一趟。"

陆恺之跟着元禹走进办公室，把门扣上："元禹，你今天也忒有气场了吧，角色适应得不错嘛。"

元禹卸下了一脸严肃，转过头和陆恺之笑笑："在其位，司其职。我这也是没办法了。"

陆恺之开玩笑道："哇，那我也是沾光了，一下职位就上升到集团投资部经理，和做梦一样。"

"不，陆恺之。你的能力我是知道的，之前我在投资部那么长的时间，要不是你的帮忙，我可能跨不过去这么大的坎。在那么危急的关头，我也看到了你对公司的付出和用心。我提拔你当集团投资部经理，除了我们相识多年之外，更重要的是你确实值得这个职位。之前我父亲在位时没有完全挖掘出你这颗金子，现在我希望能借用你的专业再帮我一把。"元禹很认真地说道。

突然听到元禹这么说，陆恺之意外之余有些感动得说不出话来，只能点点头。

元禹见状，岔开话题，说起正事："好了好了。我把你叫过来是有事找你商量。"

"你说。"

"我今天早上思考了很久该怎么确定公司未来投资的大方向策略。我想先听听你的看法，有什么好思路吗？"

"嗯，正巧最近看了一篇学术报告，报告的研究结果显示，资产配置对投资组合业绩的贡献度达到惊人的90％以上。我们可以考虑建立一套基于大类资产配置的长期投资体系，逐渐减少对市场短线波动的关注。"陆恺之想了想，说道。

元禹嘴角露出了一丝不谋而合的笑意："嗯，资产配置策略现在在境外市场也是日渐兴起，西学东渐也是一个不错的选择啊。说到资产配置策略，不妨谈谈你的理解呗。"

"那我就班门弄斧了。目前大类资产有股票、债券、房产、黄金、大宗商品等，把资产在这些大类资产类别里面按照一定的规则进行分配就是资产配置。说简单点，就是不要把所有鸡蛋都放在一个篮子里。这样，既能降低资产的波动率，又能获得不错的收益。采用资产配置策略进行合理的资产配置是分散投资风险的主要途径之一，从组合理论的角度，配置相关性较低的资产，有助于在保持预期收益基本不变的情况下降低组合的整体波动性，提高风险调整后收益。"

元禹点了点头："是啊，金融市场风起云涌、潮起潮落，熊牛竞相追逐、红绿交替，不少投资者都在金融浪潮中被吞没了大部分资产，其中很大一部分原因就是缺乏资产配置的理念。资产配置不是挑选股票，不是挑选基金，也不是预测大盘指数走向，而是一种成熟的投资理念，是一种投资技巧，也是一门投资艺术，其意博，其理奥，其趣深，绝对值得我们深入研究。我给你讲一个故事吧。"

"好啊，洗耳恭听。是你在国外时候经历的故事吗？"

元禹拿起了茶杯轻轻摇了摇头："不，不是，是耶鲁大学捐赠基金的投资故事。在资产配置和多元化投资方面，耶鲁大学捐赠基金可算得上是一个训练有素的践行者了。1987 年美股市场崩盘，把所有钱都投入股市的普通投资者陷入了恐慌，他们卖光了手中的股票。而与此同时，耶鲁大学捐赠基金却完美地规避了这轮暴跌，手中持有的是债券和现金。在市场下跌行情末期，耶鲁大学捐赠基金作出了策略性的资产重新配置，在历史性的低位又买入股票，而随后，市场迎来了一轮科技股催生的大牛市。20 世纪 90 年代末，耶鲁大学捐赠基金在资产配置策略的指导下，卖掉了科技股，转而购进了一批价格被低估的资产——房地产投资信托，以及一些随后业绩表现非常好的债券。形成鲜明对比的是，更多投资者忽视投资的多元化，热衷于追逐如同彩票一般的科技股，在 2000 年至 2002 年科技股泡沫破裂后，承受了巨大的损失，并且在伤痛记忆的长期影响下变得畏首畏尾，最终又错过了 2003 年起的权益市场复苏期。根据耶鲁披露的业绩报告看，过去 30 年时间内，耶鲁大学捐赠基金取得了平均年化 13.9％的超额收益。"

"太厉害了，简直是投资界的神话！也对，人性就是这样，只有你把鸡蛋分放在多个篮子里，才能避免经历过山车的情绪变化。你不会因为价格惨跌而陷入沮丧，也不会因为价格疯涨而欣喜若狂，因此也不会在错误的时间做出错误的决定。说到这里，之前听说资产配置可以划分为战略性资产配置和战术性资产配置，这两者有什么区别吗？"

"当然有区别啦。我们先说战略性资产配置吧。象棋大师往往在下棋之前就能提前预判很多步，比赛的各种变化走势和可能结果了然于心。战略性资产配置和下象棋很像，代表了长期的、整体的观点，并为投资组合中的资产设定一个长期的比重，不再聚焦于市场短期的走势，只有当资产比重增长或者减少时才对投资组合进行调整，或者说再平衡。而战术性资产配置可作为战略性部分的补充，是以一种更为积极的态度对待投资组合。我们还是借用下象棋来打个比方吧，战略性的方法可以赢得比赛，而具体到每一着，我们则需要根据对手的每一步做出战术性的回应，同样道理，我们通过积极的资产配置调整，从而实现投资收益的增强。"

陆恺之连连点头，并附和道："所以，我们把目光放在长期整体情况的同时，也需要走好眼前的每一步。仅有一个战略性资产配置计划是无法保证我们的成功。"

"对的，战略性资产配置的思维是长期的，其对前景的预判也必须基于较长的时间跨度，因此它可能会导致一些极具吸引力的投资机会被忽略。比如，高收益债券有时候会经历长时间的优异表现，但接下来又会经历同样长时间的糟糕表现。这种长期的波动使得它们并不太适合简单的买入并持有策略。战术性资产配置可以让你将注意力集中在寻找并重视那些有着巨大潜在收益的资产种类上，识别那些可能存在被高估的资产并降低它们的组合权重。"

陆恺之有点佩服："原来你对资产配置的了解已经如此深入了。"

"是啊，但是都是些理论上的功课，后面咱们得想办法落地实现了。最近我翻到了之前读过的朱格拉的一本书。"元禹指了指桌上。

陆恺之觉得听起来很熟悉："是那本关于经济周期理论的著作吗？以前读书的时候学过，好像是基于经济生产和失业率划分的，一个周期10年左右。唉，都还给老师了。"

"是的，有物混成，先天地生。寂兮寥兮，独立而不改，周行而不殆。中国古代的朴素哲学思想早已提出世界必须被纳入某种运行秩序里。人类的经济世界，千万种资产、经济数据也在经历着周期变换。如果我们能够参透经济系统里的周期变换，是不是就能够把握住千万种资产价格的涨跌变化方向？这样我们就能够像冬天南飞的大雁一样，在资本市场里遵循周期规律，在经济的冬天南飞；在市场的春天播种，秋天收获。"

"哲学太深奥了，我是一窍不通。但我相信周期的存在，其实拉长时间来看我们是能感受到周期的变化的。如果把视野拉长到 3 年以上，你就能隐约感受到经济的周期波动。如果把视野拉长到 10 年至 30 年，你就能看到人口年龄结构的变化、技术进步的影响、社会风气的演变、经济发展阶段的跃升。如果把视野再拉长到 50 年至 100 年，你就能看到国家的兴衰、世界政治经济格局的调整、战争与和平的更迭。"

元禹边思考边说："更进一步，股市、债市以及大宗商品是反映宏观经济的晴雨表，所以它们的走势与宏观经济运行方向高度相关。那么我们可以根据宏观经济指标的变化，来指导我们资产配置的策略制定啊。"

"按照你的思路，我们可以通过对宏观经济指标的追踪监控，来对我们的投资端提供战略指导意义。"

两人说着说着一拍即合。元禹心想果然没看错陆恺之："正合我意！我们以股票为例：股市的波动与经济增长、经济周期息息相关，而实体经济同财政政策、通胀水平、货币政策等宏观因素有联系，扩张性的财政政策刺激需求，促使实体经济增长，相反，紧缩的财政政策会抑制总需求；经济的持续增长必然带动强劲的需求，从而使物品价格升高；利率的升高会导致货币的机会成本提高，导致投资支出与消费支出的下降，对实体经济的增长有不利的一面；实行紧缩性的货币政策时，货币供给减少，利率上升，对股价形成向下压力，而实行扩张的货币政策意味着货币供给增加、利率下调，使股价水平趋于上升。依此类推，债券市场和大宗商品市场也可以找出类似的逻辑。所以，为了稳定公司发展，我想基于宏观经济周期模型，建立大类资产轮动的策略框架，具体操作我想和你商量商量。"

陆恺之听完却有点犹疑："这个策略确实是适合公司长期发展的安排规划，稳定，风险度低，但如何把握各个资产进出的时间点有点难啊。"

"所以我让各个部门回去给我出个详细的研究报告啊。"

陆恺之这下才明白："哦?!原来你的心思在这呢！其他部门经理还以为你这是要裁员了，吓得一身冷汗呢。"

"其实这只是一方面，另一方面也确实要敲打他们一下，公司不养闲人，要想身居高位，所做的事情就要对得起他们的职位和薪水。大类资产配置最麻烦的地方就是判断不断变化的经济形势走向。我之前的研究经历让我比较擅长 ETF 投资和设计，没有过多地关注过国内周期点的判断。要想把握好时点，就要对国内股票、债券、大宗商品等领域各行业有相当的研究。所以我今天会上让各部门的人做出详尽的报告给我，到时候你们部门也有权限参阅这些报告。你们投资部要做的就是协助我做好大类资产配置这件事。而且，我想将 ETF 作为大类资产配置的重点。这是我的一个构想。ETF 在未来绝对是大势所趋，而且覆盖了股票、债券、商品、黄金、货币等各类资产，还能参加境外投资，品种丰富、齐全，可满足我们资产配置策略对资产类别的需求。同时，ETF 产品的交易效率高，费用成本低，可令投资者高效、便捷、低成本地进行配置策略操作，是最适合的资产配置工具。"

陆恺之对元禹的前瞻性佩服得五体投地："确实，ETF 的低交易成本和低相关性，使得引入 ETF 可能成为大类资产配置的一大创新呢。好，那我再去思考一下这方面的操作性。"陆恺之眼睛放光，他似乎能在眼前这个男人身上看到小说中那种克里斯玛的气质。

元禹定了定神："嗯，你去忙吧。我还得再继续熟悉熟悉公司的其他事务呢。"

两周后，各部门的报告都放到了元禹的办公桌上，大大的办公桌上平铺了一本本厚厚的报告。元禹又叫来了陆恺之："这些资料你前两天应该也收到了一份吧。"

陆恺之开起了玩笑："是啊，我可是挑灯夜读才把这么多给看完了，每看完一个部门的报告，我们投资部就得做一个头脑风暴，可累坏了。你看看我这头发，对，对，就这块，都白了好几根。"

元禹被逗笑了："哈哈，你要是这项工作完成得好，年末你们部门的奖金绝对跑不了。"

"我就等元总经理你这句话呢。那我就开始汇报了。"陆恺之继续说，"通常我们将经济周期简单地分为经济增长和经济收缩两种趋势，但是一旦将经济周期与资产价格变化相结合，就有必要把经济周期发展的阶段区分得更加详细。我们部门先着重分析了股票、债券和大宗商品这三类资产类别的方向性转变，共计 6 个阶段。第一个阶段时，在经济开始减速的时候，通货膨胀率和利率开始下滑，债券价格在经历熊市之后开始上涨，股票和商品依然处于熊市中，我们的投资组合应该着重关注高收益率的债券和现金，重仓债券。待经济衰退出现转平向上时，市场开始进入第二个阶段，股票市场由熊转牛，价格开始上涨，债券处于高位，商品处于熊市尾巴，股票应该未做重点配置对象，债券可以开始适度减仓。经济再度扩张到达第三阶段时，黄金和黄金相关资产作为通胀保值工具开始受到追捧，商品开始价格上涨，股票强势上涨，债券上涨势头减弱。此时应该是整个周期中现金头寸最低的时候，应该持有一些投资于商品的基金。这三个阶段应该是对经济收缩时较为详尽的划分。经济增长，开始于经济衰退的结束，此时的第一阶段经济开始快速扩张，通胀压力开始拉高商品价格，利率也开始上升，债券开始下降，股票涨势减弱，商品最热，此时应该减少债券头寸，股票成分也应该做一定的调整。"

元禹满意地点头："对，我很同意，此时的股票成分应该调整为收益驱动型的周期后期的领导行业。"

"是的，再接下来，经济扩张开始持续收缩，股票开始下跌，债券走弱，商品涨势也开始减弱，此时我们的投资组合应该开始减少股票头寸，增加现金持有。最后一个阶段，经济急速下降，商品和股票持续深跌，而此时，债券即将探底，我们在遵循'现金为王'的时候，可以适时地购买一些被错杀的债券。这些是我们商讨的关于大类资产配置的周期性操作。"陆恺之接着说道。

元禹连连点头："嗯不错，和我对大类资产配置的认知也相符。照我的经验，判断不同市场的拐点指标会有很大的不同，比如分析债券的走势，我会从通货膨胀率、一些经济指标、货币指标和技术指标开始。"

"我看了看债券研究组的报告，他们也是从这些方面入手的，目前国内的通胀率处于上行的态势，CPI 指数已经连续半年上升至 2.5。利率下行，10 年期国债收益率今年以来下行了40 个基点。"陆恺之接道，"股票不会像债券那样过于依赖通货膨胀，反而会更加看重市场收益率。而商品对利率不会特别敏感。"

元禹补充道："很好，确定了这些衡量不同市场的指标，你们再运用量化模型可以比较详细地确定现在所处的经济阶段，然后实时追踪，分析市场异动，及时调整仓位。不过，这个模型的确定不是一朝一夕的事，你们部门抓紧吧，然后定期跟我汇报一下进度。还有一点要特别注意，你们刚才确定的经济运行脉络方便你们按图索骥，但市场可能会偏离这样的轮动顺序，你们一定要保证部门的运行效率，在异动发生时能够及时地反映被遗漏的信息，调整投资策略。"

"好的。"

元禹又提了几句："我最近也反复思考了一下 ETF 的投资，有几个要点我提一下。第一，股票 ETF 选择时，在重点持有代表整个市场的宽基股票 ETF 的同时，小部分持有各种行业的 ETF，在不同阶段配置不同的行业 ETF，这样也能减轻核心股票 ETF 换仓的压力。第二，债券 ETF 一般选择国债 ETF 或企业债 ETF。在经济形势看好的时候，购买企业债 ETF，在经济进入'滞涨'阶段时，应选择通胀保值的债券。第三，商品 ETF 持有的不是实物资产，因此只要能提供与实物资产收益相当的回报，就是好的商品 ETF。"

陆恺之听了又惊又喜："行业 ETF 这个想法绝了！很精彩！"

"呵呵，别太夸奖我了。其实这个想法你肯定也听说过，就是核心＋卫星的资产配置策略，现在已经成为境外成熟市场上进行资产配置的主流策略之一了。像全球著名的资产管理机构如先锋、瑞银、巴克莱等都在应用这一策略为客户配置资产，只不过在国内还是刚起步。"两人聊着聊着，外面天色

渐暗。

元禹看了看表："都到这个点了，暂时先聊到这吧，去上次那个酒吧那儿坐坐？今天我请客，算是对你这些天辛劳的一点安慰。"

"那就恭敬不如从命喽。"

两人又来到了那个繁忙的小酒吧。

酒吧老板老 K 见到他们，欣喜地招呼着："嘿，小伙子，你们很久没来了。"

元禹回答："老板好记性啊，我们都多久没来了，你还记得。"

"那当然，我这人记性一向不错，再说我可是跟着你学了两招投资的方法呢，就那个货币 ETF 和定投。你别说，我最近的收益确实不错，定投虽然还处于亏损的状态，但已经开始回暖了，现在心里也踏实了。漂亮的小姐姐怎么今天没有一起来呀？"

说起许雅菁，元禹才恍然意识到最近因为忙着公司规划的事情，几乎没怎么与许雅菁见面。想到许董离世后自己没有时时陪在她的身边，元禹感到有点懊恼，心里开始盘算找个机会好好陪她散散心。

陆恺之在旁边打圆场："是啊，今天就我和我老弟两个人，单身派对啊。"

"我看你们两位小伙子长相清秀，有才有貌，怎么都还单着身呢？"

陆恺之打哈哈道："唉，谁让工作太忙，哪有老K你的工作自由，我们羡慕不来的。"

"你们年轻人啊，总是把忙当作任何事的借口。其他事该抓紧的还得抓紧，别错过了，那就真的可惜了。"老板的一句话像是点醒了元禹一般，他若有所思。

寒暄了几句过后，老板又去招呼其他客人了。元禹和陆恺之继续讨论着在公司未讨论完的ETF配置问题。

陆恺之问道："那究竟什么是核心＋卫星策略呢？"

元禹解释道："其实，就是一种以指数基金为基础的投资策略，因为主动投资要想超越市场是一项艰难的任务。有学者对国内外市场上成千上万的主动型投资基金的多年业绩表现进行过统计，结果表明，业绩表现能够连续5年以上超越市场基准的基金经理不超过10%，如果时间拉长到20年以上，这一比例不会超过5％。既然战胜指数不容易，那么我们可以选择跟着它走。但更进一步想呢，毕竟市场上存在那么多优秀的让人眼馋的公司，完全置之不理，似乎也放弃了一笔潜在收益。那能不能把两者的优点结合起来呢？于是市场就衍生出了核心＋卫星策略思想。核心＋卫星策略，我们可以按照字面意思去理解，就是构建一个组合，包含两个部分，一部分称为核心，承担组合主要的风险和收益任务；另一部分称为卫星，负责获取超额收益。"

"核心＋卫星策略这个想法很好，但我们这方面经验实在太少了。你知道境外现在主要是怎么做的吗？"

"境外啊，早期典型的核心＋卫星策略一般保持80％的核心仓位和20％的卫星仓位。最简单的核心＋卫星策略，就只选择一种能够代表市场主流表现的指数，比如标普500，另外选择5至10只股票组成卫星。但随着市场上指数基金的迅速丰富和投资需要的不断深化，这一策略也在进化。现在，要设计一个典型的核心卫星策略，首先要设计四至六种大类资产类别，比如国内股票、国内债券、境外股票、境外债券、大宗商品、资产支持证券等，设定在特定市场环境下每一类资产的比例。然后在每类资产类别中，分别选取指数基金和单一证券，并设计好比例。不过，我也只能说一个大概，具体怎么设计、怎么分配权重、怎么动态调整，每个问题都可以做一个大课题研究一下，门道太多了。"

陆恺之想了一下："投资部里有几个也在国外工作过几年的人，我明天把他们召集在一起讨论讨论这个策略的具体运作，看看他们有没有什么想法。"

"嗯，怕是有境外市场的经验也不一定能够完全用在境内的市场上啊。很多细节实现上都会有一些差别。"

"那该怎么办，我们想要过河，多少需要摸着点石头吧。"

元禹想了想，提了个想法："我最近想抽个时间回趟学校去拜访一下我的导师，他在 ETF 领域是个不折不扣的专家，说他是 ETF 研究的先驱都不为过。我想和他好好聊聊我们最近遇到的瓶颈，说不定会有很大的收获。再说我回国这么久，也没有再去探望过他，偶尔掐着时差匆匆电话聊几句就挂了，实在对他挂念得很。你要不要和我一起去？"

"哇，当上总经理果然就可以自己安排时间了。不过，唉，我也很想和你一起去拜访一下这位德高望重的教授，可是最近实在走不开。别说你这边的任务了，我这刚接手投资部，各种琐碎的事情忙得焦头烂额，最近肯定是没时间了。"

"既然你没时间，那我再找找别人吧。"元禹饮尽杯中酒，心里已经有了明确的人选。

晚上归家的途中，元禹心情忐忑地拨了那个熟悉的号码。虽然这不是第一次和她通话，却是第一次向许雅菁发出这样的邀请。虽然目的是为了公事，但总归有小小的私心，希望能和她有更深一步的了解，也让她了解一下自己曾经生活了那么久的地方。

"喂，雅菁吗？我是元禹。"

"嗯？这么晚了有什么事吗？"

"没有什么特别的事，就是最近我和陆恺之商量着公司运行 ETF 策略的事，遇到了点困难，可能要去趟国外，找找我的导师寻求点帮助，行程大概就定在下周末。我想多点人一起去，遇到问题也好一起商量，不知道你有没有空？"

"我看看安排喔，下周末我有空的。要不我们先找个地方聊聊有什么要准备的？"

"好的，就在你家门口的那个咖啡厅吧。你也顺便给我对公司的投资方向提点建议。"

两人见面后，元禹对许雅菁详细地阐述了一番自己的投资方向，并且介绍了 ETF 在国内的前景，也指出了现在投资遇到的困难。许雅菁听后心中也是对这样创新又稳定的大类资产轮动配置计划赞叹不已。

当即拍板，一次求学之旅已经在路上。

第十章　筚路蓝缕　拓业海外

"不过，我觉得有点奇怪，当时买入 80ETF，元禹为什么也是举双手赞成呢？他不知道这其中的利害吗？如果他当时不举手的话，公司也不会这么快通过这一投资方案的吧。"

许雅菁第一次听到这消息，有些吃惊。

出租车将他们俩载到了兰卡大学门口，元禹很绅士地为许雅菁开门，然后快速地从后备厢里取出了两人的行李箱，一手拉过一个，示意许雅菁一起向校门走去。许雅菁见状赶紧向前一步，一手拉过自己的行李箱，吞吞吐吐地说道："嗯……那个……我的行李箱颜色太卡哇伊了，在校园里别被你同门师兄弟看见，嗯……总之，不是很方便吧。"

说罢，许雅菁微微低下了头。元禹一怔，但什么话也没有说，只是手上迅猛地从许雅菁手上拉过了行李箱。许雅菁错愕，微一抬头，恰好对上了元禹的眼睛，那一刹那，温润的星光从两人的双眸里划过。

兰卡大学的晚霞是元禹见过的最美的风景，清风明月，本无常主，闲者得之。元禹重归母校，深感物是人非，往日心境不再。学生时的自己思想单纯，拥有着最简单的幸福。只可惜天不遂人愿，回国后一心想要为父报仇，又一脚踏入了商场的腥风血雨，危机四伏的环境倒逼着羽翼未丰的元禹快速成长起来。

元禹在前面引路，两人快步走向一座古朴而又不失典雅的哥特式建筑，电梯载着他们直奔 12 楼。两个年轻人一路快步走向郑教授的办公室。

一见到郑教授，元禹激动得甚至有些失态："郑教授，可真是想死我了。来，我来为你们介绍一下。这是我的导师，也是能常在各类期刊上能见到的人，郑教授！这位呢，是我们集团许董事长的千金，许雅菁女士。"

郑教授微微点头致意，表示欢迎。许雅菁也连忙礼貌地问候："郑教授，您好！元禹经常在我面前提到您。今日有幸得见，才发觉，蓝田生玉，诚不虚也！"

元禹抑制不住心中的喜悦："自从毕业，郑教授我们许久未见了！"

一阵寒暄后，元禹聊起最近发生的事情，两人不禁感到唏嘘。郑教授既为元禹在国内做出的成绩感到骄傲，又为他面临的危机感到不安。

元禹率先从回忆中抽离出来，说道："唉，先不说国内的那些事了，好不容易见到您，这么好的机会，想听听您关于国

际经济形势的见解！现在，很多人都不看好美国经济，说次贷危机后的十年是美国失去的十年，失业率上升，美国经济从此一蹶不振。"

郑教授认真问道："以上言论值得深究吧？有什么数据支撑吗？"

元禹继续说道："研究表明，美国经济增长将面临三大阻力，即全球需求放缓、财政刺激消退以及美联储频繁加息对经济的滞后影响。"

郑教授反驳道："不尽然吧？美联储主席鲍威尔最近刚刚召开了新闻发布会，数据表示美国经济增长强劲、失业率处于低位；原油价格上涨对美国的通胀影响是短暂性的，通胀率将持续维持在2%的目标值附近，生产力的提高将会使美国经济在没有通胀压力的情况下继续增长。"

许雅菁好像突然想到了什么，说道："是啊，这次我们回到美国，印象有所改观。刚才我们驱车经过曼哈顿的第五大道，发现人群熙熙攘攘，游客络绎不绝，俨然已经恢复到2008年前的盛况了。"

郑教授微微点头，回答道："不错，见微知著，这才是尽职调查的精神。"

这时候，元禹灵机一动，突然激动地说道："我怎么没想到呢?! 既然美国经济走势强势，我们公司也可以利用跟踪美国上市公司指数的跨境 ETF 进行投资呀。而且，利用跨境 ETF 或者 QDII 基金进行全球资产配置，投资欧洲市场及新兴市场也都很方便呀!"

郑教授稍稍思忖了一下："这个思路还是可行的! 自从你回国以后，我观察了很久国内 ETF 产品发展的情况。在全球经济一体化的大背景下，全球的跨境 ETF 如雨后春笋般迅速发展。投资者投资跨境 ETF，一方面可以通过全球化资产配置分散风险，另一方面又可以分享该国资产上涨所带来的投资收益，可谓是一箭双雕呀! 但是欧洲市场的投资还需谨慎考量哈。欧盟委员会称美国经济政策、意大利高负债支出计划及英国脱欧已成为威胁欧元区经济增长的主要因素，预计未来几年欧元区经济增速将放缓。"

元禹回答道："谢谢老师的提醒! 我与雅菁这几天再深入考察一下美国的上市公司。回去后抓紧制定一套投资美国的计划。"

郑教授又提醒道："哈哈! 年轻人，在国内投资美国市场，没有必要精选美国个股啊，你这次尽调，只要看清楚美国的经济形式，回国通过 QDII 基金或者跨境 ETF 就可以直接投资了呀。"

元禹若有所悟，连忙回答道："谢谢老师指点，我一定谨记您的教诲，不负您的期望！"

元禹和许雅菁这一周的调研收获颇丰，充分感受了下美国的经济形势，便又马不停蹄地回国安排起来。

一周未见元禹的夏楚薇对他分外思念，之前因为江佑背叛公司的事，她对江佑的好感跌到谷底，后来又被元禹力挽狂澜的机智和才干所吸引。虽然她们是好朋友，但实际上她内心里一直对许雅菁十分嫉妒，因为有个好妈妈，前有江佑追求，现在又可以一直陪着元禹。女人吃起醋来，威力可能真抵得上一颗小原子弹呢。

见到元禹，夏楚薇不禁撒娇道："禹总，您终于回来了呀，这段时间没有您主持大局，都快乱成一锅粥了，我都不知道怎么办了。"

元禹倒是很淡定："出国考察罢了，也没几天呀。"想了想，他直觉不太对劲，连忙出口与自己撇清关系："哈哈，小夏你可真会讲话，这话让你男朋友听见肯定会误会的啊。"

夏楚薇闻言连忙矢口否认："我没有男朋友呀，天地可鉴，我的心可一直扑在您，啊不是，是工作上的呀！"夏楚薇发觉了自己的口误，微微地低下了头。

元禹正色道："心里有领导、有公司这是好事，专心工作吧。"

夏楚薇见元禹扬长而去，内心十分挫败。他这是拒绝我了吧，夏楚薇心里想着，就这样静静地望着元禹走过的方向，内心涌起一股恨意，攥紧了拳头。细看她的表情，过去那个干练能干的夏楚薇好似不见了。

另外一边，元禹已经制定了详细的境外 ETF 投资计划，特向许雅菁来报备工作。

元禹很担心许雅菁的身体，关心地问道："几日没见你，时差倒得还好吗？"

许雅菁温柔地回答道："还可以。你来得正好，正好想问你一下跨境 ETF 的相关知识。目前咱们国内的跨境 ETF 都有哪些呀？"

元禹这些时间准备下来，答案几乎烂熟于心，答道："目前上海证券交易所上市的跨境 ETF 共有 9 只，其中投向港股市场的包括恒生 H 股 ETF、恒生 ETF、恒生通 ETF、港股 100ETF 以及建信 H 股 ETF，投向美股市场的包括中证海外互联 ETF、纳斯达克 100ETF 及标普 500ETF，还有就是投向欧洲市场的德国 30ETF 了。"

"那看来投资标的还不太多啊。这跨境投资肯定比不得在境内市场单干容易，我还想多了解一点呢。诶？我记得你在美国聊到跨境 ETF 的时候，还讲过 QDII 基金，能不能具体介绍一下这种基金呢？"

元禹心想，看来今天可有的是时间聊了，于是慢慢说道："好的。目前，中国仍未开放资本项目下的人民币自由兑换，对个人采用年度限额外汇管制制度，对资本市场的机构投资者采用 QDII 制度，即合格境内机构投资者制度。监管机构将定期审核兑换额度，合格投资者在该额度内可以自由地将本币兑换为外币，进行境外资本市场投资。投资者可以使用人民币购买境外 ETF，后者利用基金管理人的 QDII 额度来进行境外投资。由于 QDII 额度有限，当投资者一致看多境外市场，集中申购跨境 ETF 时，可能导致申购量超出基金管理人的 QDII 额度，从而出现申购申请无法全部确认的情况。"

许雅菁一直有打破砂锅问到底的习惯："那这两种基金有

什么差异呢？你为何最终选择投资跨境 ETF 而非前者呢？"

元禹不禁嘴角上扬："这是个好问题呀！这个问题我还真的仔细研究过。从投资者实际利益的角度出发，我们需要综合考虑基金的流动性、交易便利性、费率、跟踪误差以及可投资方式等。"

许雅菁莞尔一笑："门道这么多呢？那请元老师为我一一讲解下吧！"

"好的，首先看流动性。你认为谁的会更好呢？"元禹想考一下许雅菁。

"我感觉是跨境 ETF 吧。你不是曾经说过嘛，跨境 ETF 可以直接在证券账户输入代码买卖，这样的话流动性和普通股票没什么区别吧？当日卖出，当日资金实时可用吧？但我不太懂 QDII 基金的流动性到底如何。"许雅菁继续追问。

元禹赞许道："记性还挺好的嘛！QDII 基金最令人诟病的就是其资金的流动性问题，由于它涉及境外资金交收、跨境资金划拨等多个环节，所以 QDII 基金的赎回资金往往要 T+10 日甚至更久才能到账！"

许雅菁闻言有些吃惊："这么久啊？想必赎回资金在这 10 日也没有任何收益吧？这也太影响资金使用了！"

　　元禹回答道："是啊！反应挺快的嘛！下面再看这个交易便捷性吧。你也知道，跨境 ETF 交易可以实现 T+0 交易，我们就可以实现中短期的波段操作！但反观 QDII 基金呢？它的申购赎回周期长达半个月，申购赎回费用累计高达 2％，短期操作基本不具备可行性呀！"

　　许雅菁继续问："这样啊！那从费率的角度呢？"

　　"跨境 ETF 的费率优势就更加显著了！它的管理费一般为 0.6％，显著低于 QDII 基金平均 1.43％的管理费；跨境 ETF 的托管费从 0.15％至 0.2％不等，而 QDII 基金的平均托管费要 0.31％呢！"一口气说完这么多数据，元禹都不禁佩服起自己的记忆力来。

　　许雅菁一想："这托管费还好，但管理费差别也太大了！你刚才还提到跟踪误差，这个跟踪误差又是怎么回事呀！"

　　元禹喝了一口水，继续说道："由于这个指数型 QDII 基金因为监管要求必须保留 5％以上的现金，而实际运作中由于申购赎回的冲击，基金往往会持有 7％至 8％的现金，从而造成较大的跟踪误差。当标的指数上涨 10％时，基金的表现就会落后近 1％。而跨境 ETF 则无此限制，股票仓位可以接近 100％，基本消除了因仓位因素导致的跟踪误差。而且，跨境 ETF 还可以享受到 ETF 衍生出的多种投资方式，如质押融资、融资卖空等，为投资者进行杠杆操作、反向操作提供便利途径。"

"你说了跨境 ETF 这么多好处，可是与仅投资于境内证券市场的普通 ETF 相比，跨境 ETF 的运作流程更为复杂，所投资的境外市场往往也不为我们所熟知，有一定的神秘感，你说，跨境 ETF 的投资风险是不是会很大呢？"许雅菁是要不问到底不罢休了。

元禹否认道："事实并不如你想象的那样！跨境 ETF 采用全现金申赎的机制，出现申赎清单差错、造成恶性风险事件的概率要远小于境内市场 ETF。境外市场的波动，也不一定高于境内市场哈。但是呢，就跨境 ETF 的独特性来讲，还是具备独特的投资风险的。"

"哦？你和我详细说说吧！"许雅菁不打算放弃。

元禹望向许雅菁，眼神里满是宠溺："首先是我们投资区域的市场风险！要知道，不同经济体的发展节奏是截然不同的，比如这个新兴市场经济增长的波动性就明显大于发达经济体，因此投资于新兴市场将使投资者承受更大的收益波动。"

许雅菁连忙点头："是啊，不熟悉这个投资市场的话，我们就不能轻举妄动呀！那么，当这个国家出现主权债务违约时也会产生这个区域市场风险吧？"

"这就属于主权风险的范畴了。但是目前跨境ETF所投资的均是境外成熟市场，出现主权风险的概率极低。而且即使出现主权风险，受影响最大的也是该国的主权债券，对于在该国交易所交易的股票而言，并没有实质性影响。此外，汇率风险也不可忽视。比如我们跨境投资美国市场，首先需要将人民币兑换为美元，完成投资后还需要将美元兑换回人民币，如果投资期间美元相对于人民币贬值，也就是人民币相对升值，将会降低跨境投资的回报。反过来，如果美元相对于人民币升值，那么跨境投资将会享受到资产增值和汇率升值的双重好处。"元禹回答道。

"汇率风险我明白了，那还有其他的风险吗？"

"还有时差风险！比如我们投资美国市场，中国与美国在交易时间存在非重合的情形，可能还会存在节假日的制度不同，从而导致交易中的不确定性。"

许雅菁有些没听明白，继续追问道："你能不能解释得再详细一点呢？"

元禹长舒一口气："还是假设我们投资美国的跨境ETF

吧。时差风险主要体现在以下几个方面。首先，美国的工作和交易时间对应我们，一般都是深夜的非工作时间，无法及时把握境外重大信息来进行投资决策。其次，由于交易时间不重合，我们需要预判盘后信息对于 ETF 份额净值的影响，这将会导致价格与净值的长期偏离。最后，时差会导致交易结算流程的延长，境内 ETF 通常可以在 2 个交易日内完成申赎成本的确认，但境外 ETF 的确认时间会显著延长，尤其是遇上美国的节假日时。"

许雅菁恍然大悟状，继续说道："讲了这么多美国市场的内容，我想了解下咱们相对熟悉的。你怎么看待港股市场呢？"

一早上的"授课"，元禹明显有些累了，但心里也想和许雅菁多呆一会儿，于是继续耐心说道："港股市场与内地市场及其他新兴市场的关联度更高，大量来自其他新兴市场的公司在中国香港地区上市交易，其成长性强于美国市场。鉴于香港市场更加规范和理性，导致其估值水平较低。而我一直是看多中国经济或者新兴市场的，挂钩港股的跨境 ETF 是最好的选择。"

许雅菁回想起跟元禹在美国考察的情形，慢慢说道："我目前仅对美国的经济发展有一个大概的了解，那有没有什么利好支撑我们投资美国市场呢?"

元禹回答道:"那你还真问对了。就在前几个月,华尔街的一些人,包括美银美林的首席投资官迈克尔·哈特内特,就开始为美国股市开香槟庆祝了,标普500指数的牛市已成为历史上最长的一次牛市——持续为期3543天。此外,汇率因素也是一大利好,目前在人民币贬值压力尚未消除的背景下,汇率因素往往会增厚我们在境外资本市场的投资回报。假如我们以人民币买入美国跨境ETF,基金管理人会将人民币兑换为美元来进行投资;当我们需要退出时,又需要将美元兑换为人民币。整个投资期限中,我们相当于以美元形式持有了美国的上市公司,如果此时人民币出现短暂的贬值而美元升值,跨境投资将会享受到资产增值和汇率升值的双重好处呢。"

听完这席话,许雅菁对元禹越发佩服起来:"哇,你好棒。今天多谢大神的指点啦,真是受益匪浅。"

进入11月后,上海的天气渐渐转凉,接连下了几天的雨,湿冷的空气令人内心不禁生起一丝悲凉,许雅菁站在办公室的落地窗前,静静望向窗外。最近发生了太多事,先是遭遇江佑设计,差点要失去自家企业,而后母亲去世,一连串的打击让

她不知所措，恨不得只是梦一场。她又想起，这段时间多亏有元禹帮忙，对她和公司不离不弃，一直陪伴在自己身边，帮着自己一起渡过难关。这时手机铃声响起，打破了许雅菁的沉思，拿起一看，原来是夏楚薇打来的。

许雅菁接起电话："Hello，楚薇，有什么事吗？"

"许总，人家想你了呀，自从你和元禹从美国回来我还没见过你呢。最近上海气温骤降，想提醒你这个大忙人注意身体呀！"夏楚薇语气亲昵道。

许雅菁撒了一个娇："嘻嘻，还是你最关心我，爱你喔！"

"今儿忙吗？晚上约你出来吃个饭？"夏楚薇主动邀约。

"好呀，去哪儿？"

夏楚薇的语气不觉带上些殷勤："我找到一家很正宗的赣南菜，上海很难吃到的，而且离陆家嘴不远，待会下班我过去找你，我们一起过去，如何？"

"好啊，最近湿气这么重，确实需要吃点辣的刺激一下身体和情绪。"许雅菁答应着，却不知道等待她的是些什么。

下班后，夏楚薇跑到许雅菁的办公室，佯装突然想起一封忘发的紧急工作邮件，需要借用许雅菁的电脑一下。发完邮件后，她又故意将 U 盘留在了许雅菁的电脑上。因两人多年"闺蜜"，许雅菁并未意识到哪里不对劲。

夏楚薇眉毛轻轻挑起："甘江村走起啊！我的美女大小姐！"

甘江村坐落于一个狭窄的巷子里，环境很隐蔽，车很难开进去，因此她们进去的时候，基本没有什么人。夏楚薇不禁十分得意，心想这种冷清的环境，最适合跟许雅菁摊牌了。

两人进入大堂，服务员将她们引向中间两位的桌子。夏楚薇颐指气使地对服务员说道："那窗边不空着嘛，我们去那边吧！"

服务员抱歉地说："不好意思，美女，那边的位子已经有预定了。"

夏楚薇依旧不依不饶："都有预定了吗？那么多的空位子放着啊？我们来得这么早！"

服务员一直在赔礼道歉："太抱歉了，这边的位子您看也很不错的。"

许雅菁想打圆场，说道："算了，我们就坐那个角落去，也方便咱们讲话。"

　　夏楚薇白了服务员一眼，转头又对许雅菁露出了官方标准式的微笑，嗲嗲地说道："那好吧，既然我们大小姐都发话了，就算啦。不过都是看在你的面子上哈！"

　　随即她又继续殷勤地说道："给你点一道养颜乌鸡瓦罐汤吧，你看看你最近憔悴的样子，元禹怎么照顾你的呀，也太不称职了吧，都不知道关心关心你！"

　　许雅菁闻言有点害羞，微微低下头："没有啦，他最近也是很忙啊。"她因此没有发现夏楚薇凌厉的目光，不知道后者已经不禁妒火中烧。

　　夏楚薇继续试探道："元总最近确实很忙呀，全投资部上上下下都在为投资跨境 ETF 的事情做准备，他也一直盯着这事。哎……"夏楚薇欲言又止，勾起了许雅菁的好奇心。

　　许雅菁关切地问道："看你面露难色的，怎么吞吞吐吐的呀？"

　　夏楚薇叹了一口气："唉，你有所不知，在投资部我只是一个小小的助理，人微言轻，而且对跨境 ETF 不太熟悉，帮不上我们部门什么忙，只能自己干着急。"

　　夏楚薇的眼珠转得飞快，说话期间眼睛一直盯着许雅菁，后者神情的变化尽收眼底。顿了一下，她又假装不经意地提起道:"我们部门刚刚来了一小实习生,天天往元总跟前凑,贴着假睫毛,瞪着忽闪忽闪的大眼睛,一有机会就佯装乖巧地向元总请教跨境 ETF 的知识。长江后浪推前浪,我是'失宠'了。唉,要不你教教我跨境 ETF 的相关知识吧?不为别的,就希望为公司排忧解难啊!"

许雅菁不为这些风言风语所动,反而大方地向夏楚薇说起跨境 ETF 道:"其实我也是听元禹介绍的跨境 ETF。你有什么问题,我一定知无不言,能帮你的我一定帮!"

夏楚薇得意一笑:"嘿嘿,就知道还是你最心疼我了。我就是你娘家人,帮你看着元总身边那群小狐狸精。对了,元总有没有跟你讲过他看好哪只跨境 ETF 啊?我想回去提前去学习一下。"

许雅菁回忆了一下:"这个,我倒是听他提起过,他想投资跟踪中证海外中国互联网 50 指数和纳斯达克 100 指数的 ETF,他是很看好美国市场的发展前景的。港股市场也不错,你也可以关注下跟踪恒生国企指数的 ETF。按照他的偏好程度,大概就是这三只 ETF 吧。哦,对了,欧洲市场短期内他是不看好的。"

夏楚薇见许雅菁已上套,忙追问道:"嘻嘻,还是你最好。

听元总说过拟投资 1 个亿买入跨境 ETF，也不知道具体都买什么，你知道这件事吗？"

"倒是偶然听他提起过，好像准备按照偏好程度 5∶3∶2 的比例进行资产配置吧！"许雅菁脱口而出。

"这样啊，你知道公司打算持有跨境 ETF 多久吗？"

"应该是两周吧。"

夏楚薇见想要的信息都到手了，连忙话锋一转："唉，都是江佑惹的祸。要不是他设计陷害，杠杆融资重仓买入 80ETF，公司也不至于落入这副田地呀，还好有元总和你，公司得以起死回生，重新发展，现在竟然还可以开拓海外市场了！"

一说起旧事，氛围瞬间变得凝重了起来。夏楚薇瞥了一眼许雅菁的表情，继续说道："不过，我觉得有点奇怪，当时买入 80ETF，元总为什么也是举双手赞成呢？他不知道这其中的利害吗？如果他当时不举手的话，公司说不定也不会这么快通过这一投资方案的吧。"

许雅菁第一次听到这消息，有些吃惊，急忙反问道："什么？元禹是支持这一投资方案的吗？你没记错吧？"

夏楚薇捕捉到了许雅菁脸上错愕的表情，心想，果然，元禹跟许雅菁感情这么好，一定是隐瞒了什么，要么就是有所愧疚，否则……她整理了一下思绪，回答道："这怎么会记错呢？我也是投资经理助理诶，整理会议纪要是我的工作职责之一呀。对了，当时还有会议录音备份的呢。"

许雅菁记得很清楚，元禹对市场行情非常敏感，他怎么会在这里出错呢？就算出错，投资计划进行了那么久，难道不能及时调整吗？这不是她认识的元禹！难道是楚薇记错了吗？夏楚薇看到许雅菁一脸狐疑的神情，不禁内心得意起来，嘴角也微微上扬，但她很快将这种喜悦压制下去，立即又摆出了一副无辜的表情，说道："哎呀，别想那么多了，都过去了，快喝点汤吧，否则都凉了，就没有养颜的功效了，我的大小姐。"

吃过晚餐，许雅菁称身体有点不舒服，直接回家了。夏楚薇心想，今晚上真可谓一箭双雕、战果颇丰了，既套到了跨境ETF投资的商业机密，又成功挑拨了元禹和许雅菁的关系，在她的心中种下了狐疑的种子。想到这，夏楚薇不禁在心里又笑了起来，连连佩服起自己的聪明才智来。

而面上依旧不显，夏楚薇对许雅菁挥手作别，说道："回家早点休息吧，千万保重身体！"

目送许雅菁远去后，夏楚薇迫不及待地拨通了江佑的电话。

江佑玩世不恭的语气从电话那头传来："哟，今儿怎么有空给我打电话啊，想起我是谁了？"

夏楚薇嗲嗲回复道："我怎么想不起你呀？江总，你不想我吗？"

江佑有些意外又有些得意："当然！你在哪儿呀？我开车过去接你，咱们出去喝几杯？"

"不用接我了，我们直接我家隔壁酒店的酒吧见吧。"夏楚薇坐在黄风酒吧，选了一个靠窗的位子，望向窗外，整个上海的夜景一览无余，尽收眼底。她选了一款叫做小精灵的鸡尾酒，静静等着江佑的到来。酒吧里9点后有爵士表演了，夏楚薇伴随着音乐轻轻哼了起来，想到今晚的收获，心情真是美丽。

"哟，夏总，好久不见，让您久等了。"江佑手里拿着西服外套，见到夏楚薇立马凑了过来。

夏楚薇嗔怒道："是啊，足足让我等了半个小时呢！不知道您是从哪个姑娘那儿过来的啊？"

江佑回答："还是那么贫嘴。路上有点堵车呀。服务员，soft drink，我开车。"

夏楚薇关切地问道："最近在元达还好吗？"

江佑顿时愁容满面："别提了，一言难尽啊。"

"唉，知道你在那边难做，这不妹妹我出来给你排忧解难了吗？"夏楚薇低声说道。

"哦？夏总有何指教？"

江佑边说边把手搭在了夏楚薇的手上。谈妥条件后，夏楚薇将从许雅菁那里听来的计划一五一十地告诉了江佑。

翌日的工作时间，夏楚薇又给许雅菁打去了电话："Hello，Hello，宝贝，我的 U 盘找不到了，是不是昨晚落你那儿了呀？"

"是的，在我这儿呢。"许雅菁特意给收了起来。

夏楚薇假装长松一口气："那就好那就好，吓死我了。你快帮我找一个文件发过来，文件名是'跨境 ETF 投资会议纪要'，就在'会议纪要'文件夹里，我这边现在超级忙，就先不过去拿 U 盘了，晚点再去拿哈。"

许雅菁给夏楚薇发送文件后，正准备收起 U 盘，突然看到有一个名为"会议录音"的文件夹。一股强烈的好奇心驱使她点了进去，然后找到了当时投资 80ETF 的会议录音资料。正如昨晚夏楚薇所言，元禹推翻了自己之前的判断，在会议上附和了江佑的投资计划。许雅菁不禁怀疑起来，这背后究竟是什么原因呢？元禹和江佑是一伙的吗？可是元禹最近又在尽心尽力地为公司出谋划策渡过难关啊。想到这，她越发坐立不安，不行，必须要去问清楚，于是她晚上约了元禹出来。

元禹觉得有些奇怪："怎么了？这么晚把我叫出来，电话里也不说是什么事。"

许雅菁声音很低："没什么，就是睡不着。"

元禹闻言有些着急了："怎么了？心里有事？"

"嗯，有点事情想和你说。"许雅菁想到接下来要说的事，心里一下子有些为难。

反观这边元禹，却是心中一阵激动，还以为他和许雅菁之间的窗户纸终于要被捅破了。他压了压兴奋的心情，说道："你说吧，我听着呢。"

许雅菁也定了定神，开口问道："你当时为什么会同意江佑的策略？我母亲的死，是不是和你有关？"

没想到许雅菁突然提起这件事，一下愣住了，不知怎么接话。他思前想后，不知道怎么解释，只能磕磕绊绊地答道：

"是，但是……"

许雅菁没有想到元禹会真的承认，一时难以接受，也不愿意再听他后面的话。许雅菁心绪杂乱，又深觉不甘心，喃喃地追问道："到底是为什么？你怎么会去帮江佑那个混蛋？"

元禹也不知道如何回答："我——我也不知道我当时到底在想什么。总之，是我不好，你能原谅我吗？"

许雅菁听到这儿，头脑里一片混乱。她不知道自己该说些什么，嘴里无意识地重复着好的好的。那一刻，她感觉自己的心被这残酷的事实撕成了碎片，一种巨大的无力感扑面而来。她望向元禹，眼泪不由自主地落下来，她觉得再也无法控制自己的情绪了。无助的她真的不知道，自己究竟应该怎么办。

留在这，她不知道怎么面对眼前这个人。逃走，她又该逃去哪呢？这个世上，本就只剩下她一个人了，原本是对母亲的承诺和对元禹的依恋，支撑自己在这里继续管理公司。现在，连这点支持也被现实无情地剥夺了。罢了罢了，认输吧，这里的糟心事再也不想管了。这一刻，许雅菁只想自己躲起来。

那晚之后，许雅菁再没来上班。元禹焦急万分，急忙安排人去找。

　　由于计划泄露，江佑所在的元达集团根据安平集团的标的提前做了相应的跨境 ETF 投资，冲击成本飙升，完全打乱了元禹的计划部署。当元禹他们想买 ETF 的时候，发现市场上已有人大额买入，把交易价格推高，买入成本自然而然就升高了。后来等交易价格高于赎回净值时，出现了很合适的卖出时点，市场上却又有人已经提前卖出，交易价格下降，一度降到低于或等于跨境 ETF 的净值，这时候再卖出就很不划算了。元禹他们被逼无奈，只能选择赎回。要知道，跨境 ETF 的主要策略就是 T+0 交易，结果现在他们只能坐失良机，放弃 T+0 交易，而跨境 ETF 的赎回却需要 8 至 10 个工作日，漫长的赎回期就这样变成了交易成本。

　　最近接连发生的这些事令元禹的心情十分郁闷，遂约陆恺之出来吃火锅。

　　"投资的事我们慢慢聊，来，尝尝我精心为你调制的蘸料，配辣锅吃特别棒。"陆恺之作为投资部经理，也被最近这些事烦得不行，但今天舍命陪君子，他把筷子递给元禹，强行转移话题。

元禹说："别说，还真香。看在我最近诸事不顺的份上，告诉我你的独家调配秘方吧。"

"一勺酱油，一勺醋，这里特制的香油若干，香菜、蒜末若干，蚝油少许，最后一点点盐。"陆恺之特别自豪。

"很棒啊！难为你这大男人记得如此清楚了。"

"别怪我多嘴，你说我们是不是出了内鬼呀？不然为什么总是会先于我们买入并且先于我们卖出呢？难不成对方公司长了千里眼？"陆恺之分析道。

"我也想过这事，但是还得从长计议，没有确凿的证据也不好胡乱猜忌，搞不好会动摇军心的。你的人找到雅菁了吗？"一提到许雅菁，元禹整个人不由有些紧张。

"人是找到了，度假呢，怎么也不肯回来。"陆恺之又关切地问道，"你俩到底怎么了？"

"这就是我今天找你的另一件事。"元禹说着掏出了一封信，小心翼翼地交给了陆恺之。

陆恺之问道："这是什么啊？"

"唉，雅菁应该是知道江佑搞垮公司的事有我在后面推波助澜了。事已至此，我也不敢奢求她的原谅，毕竟是我有错在先。我现在联系不上她，这封信解释了事情的来龙去脉，麻烦你转交吧，兄弟我在这里先谢过了！"心力交瘁的元禹仿佛抓住了一根救命稻草。

陆恺之见兄弟一脸憔悴的样子，当即定了第二天一早的火车亲自赶往许雅菁所在的龙井村。

陆恺之一见到雅菁，控制不住地心里升起一股怒气："大小姐，你不知道元禹找你都快找疯了吗？你倒乐得清闲自在啊。"

许雅菁一时语塞："我，我不知道怎么面对他。他让你来找我的？"

"嗯，他给你带了封信，要说还没说的，他都写在上面了，你自己看吧。"陆恺之又生气又无奈。他顿了顿，接着说道："元禹的事我开始是知道的，他在江佑背后推了一把这事不假，但他是有苦衷的。他当时以为是你母亲害死了他父亲。直到后来，你母亲临终前把他叫到床边，说她早已认出他是老董事长的儿子，把他放入公司投资部是为了重点培养。咱们公司名义上法人代表虽然是你母亲，但是大部分股权早晚要转交给元禹的。而且，你难道没有认出来，元禹就是你从小到大念念不忘的元哥哥么？你扪心自问，一直以来他对你怎么样啊？总之，你还是先好好看看这封信吧！"

看完信，许雅菁不禁又落下了眼泪。不知过了多久，她放眼望向远处的梯形茶田，不禁莞尔。

人生啊，虽然是树欲静而风不止，但自有一番拨开云雾见天明啊。算了，不想那么多了，一切都是最好的安排，过去的就让它过去吧，明天的太阳还是新的。

第十一章　投石问路　观心不乱

"交易当天，是我和许雅菁亲手把交易计划送到交易室的，

交易员根本没有时间和机会外泄，即便外泄，也不会……"

　　坚固的壁垒往往不是被敌人从外部击破，而是从内部开始瓦解的。即使看似万无一失，但对于内鬼是防不胜防。面对突如其来的局面，元禹一筹莫展，愁从心来，压力让人喘不过气。

　　这次回国后，元禹原本成竹在胸，结果怎么也想不到，大展身手不成，事业竟遭遇如此滑铁卢，感情上也陷入困局。与许雅菁的隔阂加重了元禹的寝食难安。这是一种有苦说不出、有话不能讲的无奈，虽心有不甘，但是毕竟是自己有错在先，也怪不得别人。

　　但事已至此，想什么也没有用。元禹深吸一口气，开始整理思路。基本可以确定的是，这次的投资计划非常缜密，一定是完完全全泄露出去的，否则绝对不可能有如此"巧合"的应对策略。身边有内鬼，并且还不是一般的内鬼！目前来看，范围可以锁定在几个人身上，陆恺之绝无可能，虽无血缘关系，但从小一起长大的情谊是最坚不可摧的纽带，尽管陆恺之平时是"马大哈"一个，可在大是大非的问题上绝不会犯错误。除此以外，只有许雅菁了，这个更无可能，虽然那个"真相"让许雅菁备受煎熬，但是在计划泄密之前，许雅菁并不知道"真相"，也可排除在外。还有谁，还可能有谁呢？思来想去还是没有头绪，元禹下意识地拨通了陆恺之的电话。

"信送到了吧，她怎么说？"元禹焦急地问道。

"唉，这次你怕是悬了，之前什么小别扭也都是小事，不需要太担心。但这个事情就有点特殊了，不瞒你说，我看她暂时还是很难接受的。许董事长走后，许雅菁原本都已经平静下来了，她也越来越依靠你，但是……"陆恺之耐心地帮元禹一起分析。

元禹心一沉："我懂！我也理解，这个事情本身我就有错，虽然并不是直接动手，但是我确实在其中推波助澜。事后才知道……唉，这个痛心和悔恨是最苦涩的。"

陆恺之试着转移话题："这些都不重要了，你也别急，她也需要时间平复。这个搁谁都不会好受，给她点时间消化，急不得。不过说真的，当下你不想想到底是谁在背后搞鬼？"

"当然！不然打电话给你干嘛？算了，电话里也说不清楚，

我们老地方见吧，边喝边聊。"元禹没好气地说道。

大山东饭馆里，元禹先行到场，因为来得早，餐厅里暂时没什么人，桌上照旧两大壶青岛原浆摆好，元禹先给自己倒上了一杯。和刚回国时大口畅饮清爽的齐鲁饮品不同，这一次元禹把在手心，心事重重，喝得索然无味。若不是陆恺之敲桌子来到，元禹都没意识到倒满的酒杯几乎丝毫没动。

陆恺之举起酒杯："什么都别说，先走一个！"说完他自顾自地倒满一杯酒，重重地碰了下元禹手里的酒杯，一饮而下。元禹见状，缓过神一口闷下，瞬间清醒了许多。

元禹愁眉不展，叹气对陆恺之说道："我这局中人恐怕是理不清了，情况你也知道，你先说说看，我听着。"

"这么说吧，我们把线索排除一下。首先，知道这个计划的人，只有我俩和许雅菁，排除我俩在外，许雅菁最可能出现问题。我虽然粗枝大叶，但是这种事情我还是拎得清的。所以——"陆恺之直奔主题。

元禹眉头一紧："你是怀疑她?！这怎么可能，自己坑自己，这不合逻辑啊！"

"别着急，我说了，我们需要回忆细节，不主动泄露也保不齐被人算计啊。怎么一遇事你比我还情绪化？我当然不是怀疑她，认识这么多年，我还不了解许雅菁吗？我是说女人往往在男女感情上细腻，但这类事情上往往神经绷得不紧。我觉得，线索肯定不一定在人身上，你再好好想想，不要放过任何一个细节。每个不经意的环节都有可能是坑。"陆恺之继续问。

恢复理性的元禹舒展了一下眉头，思索了许久，开始慢慢回忆："我有个详细的交易计划，是我自己手写的。因为在公司交易这么一大笔资金，OA 系统下单中间会通过很多审批环节，信息外泄的风险很大，你也知道江佑肯定不会就此罢休，一定会反扑，他在公司待了这么多年，走的时候虽然带走了一些老部下，但这个老狐狸肯定也留下一两个眼线盯着我，所以交易申报审批系统我只走了大致交易方向和品种，没有涉及具体的交易计划。具体交易计划在这之前一直是许雅菁保管，我敢保证她一定不会拎不清孰轻孰重。退一万步讲，这个企业也是她的，她一定不会泄露出去！"

陆恺之被元禹的情绪搞得有点不耐烦，没好气地说："兄弟，不要激动，理性分析事情，不要带情感。如果这个交易计划在许雅菁身上，她也知道这个交易计划的重要性，那一定会妥善保存。所以肯定是身边特别亲近的人才能接触到，也只有这个时候她才会放松警惕。你想想最可能是谁？"

元禹继续回忆："交易当天，是我和雅菁亲手把交易计划送到交易室的，交易员根本没有时间和机会外泄，即便外泄，也不会这么快时间就能操作落实资金。只有一种可能，在这之前就已经泄露了。而在这之前，大多数时间我都和雅菁在一起，只有一天下午，雅菁和夏楚薇约了一起去做头发——"

"做头发！女人做头发，洗发、染烫少说几个小时，需要存包。是这个时候，应该就是这个时候。如果是存心的，这几个小时绝对够了……"

说到这，两人心有灵犀地对视了一眼。这确实是一个很好的漏洞机会，如果是这个时候……

顺着这个思路，内鬼基本可以锁定了。事已至此，不如将计就计。元禹先干了自己酒杯里的酒，又把自己和陆恺之的酒杯全部满上，长叹了一口气。虽然问题没有解决，但是搞清缘由后，原先忧虑的心情自然是没那么压抑了。

内鬼泄密，交易计划实施和预期相差不小，公司内部也对元禹的能力议论纷纷。在投资领域除了用实际业绩说话，过往天大的成绩也是浮云。此时元禹对眼下的局面也是一筹莫展，国内股市刚经历一波急跌，市场诚惶诚恐，风险大于收益，找不到合适的投资机会。而外围市场也是险象环生，欧债危机爆发、英国脱欧愈演愈烈、希腊财务危机等一连串事件导致外围投资环境前景不明。元禹举起酒杯再次一饮而下，陷入深思，脑中在极力地思考应对方案。

陆恺之举起酒杯："天无绝人之路，办法一定有，不着急。先喝酒，再干活。再走一个。"

元禹微醺，思绪有些飘浮。突然他灵机一动，自顾自地说道："有了！股市是找不到什么好的机会了，但交易所交易的不单是股票啊。'盛世买玉，乱世藏金'。黄金天然是货币，是全球最重要的贵金属，直接受很多政治经济事件影响，有些特定时间下，黄金的投资机会大概率是可以把握的啊！"

"黄金？这个怎么投，去买金条吗？这个流动性会不会有问题？我们去哪买这么多黄金，在哪保管？需要兑现时这一堆黄金去哪儿找对手方接盘啊？"陆恺之如机关枪一般一连串地发问道。

"这个你有所不知了，通俗来说，以前投资者只能通过金店或黄金交易所来买黄金，但其实在境外市场上早就有相关的金融产品了。也是 ETF，这类黄金 ETF 绝大部分基金财产以黄金为基础资产进行投资，紧密跟踪黄金价格，并在交易所上市交易。我们境内投资者对于黄金 ETF 知之甚少，但在境外市场黄金 ETF 却异常火爆。投资黄金还去买金条，毫不夸张地说，这在美国是可能会被人耻笑的。目前全球最大的黄金 ETF——SPDR Gold Trust 当前持仓高达 880 多吨，约 350 多亿美金资产，与纸黄金不同的是，GLD 的基础资产是黄金现货，每份 ETF 都以 1/10 盎司黄金作为实物依托，基金份额的价格变动直接反映黄金现货价格变动，当然也要适当减去一些管理费用。GLD 的最小申购赎回单位是 10 万份，即 10000 盎司美金，只有授权参与人才被允许进行黄金的申购和赎回。"说到 ETF，元禹如数家珍。

陆恺之有点疑惑："境内有这样的产品吗？如果在去境外投资相关的 ETF，又要涉及换汇，承担不必要的汇率风险。"

元禹抿了一口水，继续说道："学得挺快啊！自从升了职，你现在考虑问题都一针见血了。确实，境外投资有这个问题，汇率变动对投资效果影响太大，好在境内就有现成的黄金 ETF，也是跟踪黄金现货价格的被动投资产品，主要投资于上海黄金交易所挂牌交易的纯度高于 99.95％的黄金现货合约。同时通过黄金租赁业务、黄金互换业务等覆盖 ETF 的运营管理费用，让投资者能够最大程度享受到金价的投资收益。我们国内在 2013 年就有机构开发出相关的黄金 ETF 了，投资者用股票账户也能买黄金。"

"流动性如何啊？二级市场能不能吃下我们这么大的量吗？"陆恺之继续追问。

元禹不由坐直了身子，继续说道："目前来说，这类 ETF 的主流产品设计为每份基金份额对应 0.01 克黄金，最小交易单位为 1 手，也就是 100 份，刚好是 1 克黄金，头寸非常小，对散户而言非常友好！因为这类 ETF 主要借鉴的也是前面和你说的 SPDR Gold Shares 成熟的运作管理模式，会引入三至五家实力雄厚的机构作为授权参与人。并且，通过申购赎回代理机构提交申赎申请，黄金交易所实时确认并过户黄金，证券交易所实时记录份额增减，产品结算采用 T+0 模式。此外，部分机构授权参与人可用 100% 现金提请申购，证券交易所在 T+2 日记增基金份额。授权参与券商作为交易对手方，也会在二级市场上为普通投资者买卖黄金 ETF 份额提供充足的流动性，完全可以满足一般散户的交易需求。但对于我们这么大的资金量而言，如果直接在二级市场上这么操作肯定会被对手看到，这样就很难赚到钱了。"

陆恺之很快又有了新的疑惑："又要这么大手笔买，又不想被人察觉，你计划怎么做？"

元禹似乎成竹在胸，娓娓道来："黄金 ETF 目前流动性最好的品种日均成交额在 1 亿元左右，离我需要的单日流动性还有点差距，主要还是怕被对手盯上。所以我们入场的时候不能从二级市场上直接买，大部分头寸需要在一级市场申购，份额确认后再在二级市场卖出。"

"看来黄金什么时候涨你是胸有成竹了啊？快说，你是不是有什么小道消息？"陆恺之打趣道。

元禹继续说道："哪里来的什么小道消息啊，都是些大家都知道的公开消息。再说，黄金的影响因素太多，外围虽然风险事件很多，但类似于欧债危机、希腊财务危机等都属于慢性局部事件，不会对黄金造成短期的冲击，周期太长，我们等不及了。唯独一个事件，一旦发生必然会在短期内对黄金产生巨大的影响。"

元禹说到一半，看到陆恺之一直在低头玩手机，不禁有些气恼道："你有在听我说吗？"

陆恺之头也不抬答道："哦，当然，这种薅羊毛的机会我怎么能错过？这个机会我看靠谱，我看看银行卡还有多少钱，准备进去抄一波。"

"有点出息啊兄弟！任何投资都有风险，没有百分百确定的事情。外围风险事件中，别的不好说，看起来都是拉锯战，但敢肯定的是英国'脱欧'这个事情，就是一锤子买卖，一旦落地，势必影响整个欧盟乃至全球经济格局，黄金必定坐地大涨！"恢复理性的元禹，言语间显得更加成熟干练，思路也非常清晰。

陆恺之不管这么多，他对于元禹的专业知识格外信任，附和道："明白了，即便没有成功，配置一点黄金也可以作为资产配置，但一旦成功，短期就可以兑现收益！"

"我算了一下，因为之前的计划泄露，我今年的投资计划比预期差了 10% 的收益，虽然这一次不一定百分百成功，但是我觉得这是目前最有价值去搏的事件型机会，运用一点策略，说不定可以一次性补上这个缺口。"

虽然这并非是个十拿九稳的机会，但是对于元禹目前内忧外患的局面而言，已经是最佳的绝地反击的机会。塞翁失马，焉知非福。一个准备好反戈一击的投资计划，也同时勾勒了出来。

这时，陆恺之突然激动地站起来说："我想到了一个主

意！既然可以基本锁定内鬼，那我们何不将计就计？来个以彼
之道还施彼身。"

元禹眉头略微舒展，点了点头："和我想到一块去了，既
然敌人在暗处，我们就将计就计，不要打草惊蛇！如果他真的
盯着我的计划做，那咱们就声东击西。离'脱欧'还有大概一
周左右时间，我准备从一级市场分批申购黄金 ETF 份额，在
此期间二级市场上不做任何操作。一旦英国'脱欧'落地，金
价大涨，我们可以'故意'泄露黄金交易计划，以假乱真，声
东击西。用一小笔资金配合接盘，引诱对手介入然后趁机出
货。当然，细节问题上你还得帮我一起想一想，怎么才能更周
密一点。"

"明白！操作上你只管按照你的计划来，消息面上我来处
理。我会安排我这边的团队这周尽快出一篇关于当前黄金 ETF
的配置价值和投资策略的深度报告，到时骗过夏楚薇让她在江
佑那边'泄露'一些黄金 ETF 交易计划，引他上钩。"陆恺之
说道。

说到这里，元禹的愁眉终于完全舒展，一整杯啤酒下肚，
整个喉咙充满了青岛原浆的香醇和清甜。这段时间的内忧外
患，元禹早已身心俱疲，事业滑铁卢已经让人喘不过气，与许

雅菁的隔阂更是让他备受煎熬。桌上的青岛原浆还剩下一大半，但此时的元禹再也喝不下去，精神上的压力一时释放，元禹随即感觉困意袭来。他这时才意识到自己已经好些天没有睡好觉了，此时的他最需要的是回家休息。

经过一晚的休整，元禹一扫颓废，一大早就进入公司，开始为实施自己的计划做准备。和之前一样，这次交易更需要慎之又慎，所以必须自己亲自操盘。并且，期间申购流水绝对不能泄露。为此，元禹决定放手一搏，不在公司投资系统提交 OA 流程。虽然这属于公司内部严重违规，但是事已至此，也没有其他办法，流程上也来不及思考其他更缜密的计划，成败在此一举。不过对于这笔投资，元禹心里还是信心十足的。这种事件型机会主要看结果，凭借海外留学时的多年研究经验，元禹对海外市场的嗅觉异常灵敏。

虽说元禹已升任总经理，陆恺之也接管了投资部，但是交易权限都在部门里的交易员手里，元禹担心如果坚持自己交易的话，怕被人盯上，心想一定要说服至少一个交易员才行。可是，思来想去，元禹想不出一个合适的人，最后只能决定不能对任何人摊牌。他输不起，不能轻易相信任何人，只能亲自交易，并且不能让任何人知道。元禹需要想方设法支开一个交易员，并获得他的交易权限。就在这时，交易部的美女 Amy 跳入脑海中。之所以选择 Amy，是因为元禹很确信一件事情，就是 Amy 喜欢他，虽然每次晨会她总是假装不经意地一瞥，其他人也许看不出来，但元禹作为当事人之一早就看出了异样。有了这样一层关系，打掩护看起来不难了。

打定了主意，元禹随即拨通了 Amy 的电话："Amy，方便来我办公室一下吗？有点工作和你沟通一下。"

Amy 很快就敲门而入："领导，早上好呀，找我有什么吩咐吗？您尽管说。"

"有事情才找你，没事情就不能关心一下下属的吗？说得我很不近人情一样。"元禹故作亲切地打趣道，"最近交易压力大不大？工作上有没有什么想法？可以和我说说。"元禹突然的亲近，让 Amy 心花怒放。

"也还好啦，主要就是您刚上任那会，给我们派了很多交易计划，但是运气不好，每次计划吸货的时候，总有大资金在前面抢筹，拉高股价，搞得我们很被动，很多投资计划都没有如期完成。眼看就一两天的功夫，我们白白多付出了很多额外成本。"Amy 有些激动地回道。

"这个不能怪你，市场环境都是瞬息万变的，谁也不能预测第二天的市场走势。之前密集交易期间你也挺累的，想不想休假出去玩几天？"元禹试探地问道。

果然，Amy 听到这里，反应与元禹的设想如出一辙："当然想啊，但是公司最近投资业绩不好，这个时候提休假出去是不是不太好啊？您这边压力也大，我还是乖乖坚守岗位，和大家一起渡过困难期吧。"

话虽婉转，但 Amy 不经意间流露出的语气暴露了一切。她明显是在借机对元禹示好。

元禹佯作不知，继续说道："这样，在这之前我确实没料到交易过程会出这种幺蛾子，其实之前我买了两份去日本北海道的七日深度游。现在这种情况你也知道，公司暂时也没想好后面该怎么做，我是铁定走不了，随时等候发落，但这两份旅游合同我已经签好了，这马上就出团了，也不好浪费。说句心里话，团队里我对你是最放心的，重要的交易计划我都会交给你去做，只有你会绞尽脑汁、最大限度地帮公司降低持仓成本。我也发现，上次那个事情过后，整个团队只有你情绪最低落。你是个好员工，也是个好搭档、好朋友。日本游，你就代我去吧，还可以再带上一个闺蜜。"

Amy 想都没想就脱口而出："领导，真的吗？这样不好吧？传出去其他同事会不会有意见？"

"你就别推辞了，钱都花了，也不能浪费。你想一下带哪个闺蜜出去，把你俩的身份证号都给我，我尽快去网上把出行人的信息改一下。"元禹说道。

Amy 此时完全沉浸在意外之礼的喜悦中，连忙回复道："那我就恭敬不如从命，谢谢领导了！但是万一有交易指令，我得找个备岗位，您看安排谁代我几天？"

话题终于绕到了元禹期待的部分。他清了清嗓子，假装不经意地回复道："这样吧，你出游的事情也别告诉别人了，不用走 OA 休假流程，以免人多口杂。你把你的交易权限密码发我一下，刚好这几天特殊情况，我也需要每天在公司和领导商定下半年的交易计划，万一有什么交易指令我直接代你操作就好了。"

Amy 想了想，领导都发话了，应该没什么问题。于是，她就放下了顾虑，欢快地给元禹鞠躬道："谢谢领导！我明白了。"

交易操作的问题解决了，元禹心里宽慰了许多。现在万事俱备，接下来就等着机会下场了。随后的一周时间，元禹每日都按时上下班，照常开晨会，参加各种部门会议，一切照旧，似乎毫无异常。然而，没有人知道，有个交易账户在有条不紊地每日按照计划在一级市场申购黄金 ETF 份额，直到申购完最后一笔资金，事情也就到了关键的一步。此时，陆恺之团队撰写的当前黄金 ETF 的配置价值和投资策略的深度报告也出炉了。

北京时间 2016 年 6 月 22 日一早，离公投时间还有最后一天，陆恺之按照计划来到元禹办公室，急匆匆地推门而入道："兄弟，我这边关于黄金 ETF 的配置价值和投资策略的报告搞定了，动用了我的三个助手写了一周时间，刚好配合过去半年黄金的大涨，看涨黄金的逻辑绝对整理得清晰明了。你那边一切就绪了吧？"

元禹快速翻看了一下，嘴角露出了一丝不易察觉的微笑，自信地说道："一切顺利，目前这个计划也就天知、地知、你知、我知了，我全部身家性命都压在这一次了。因为之前的交易计划泄露，导致投资业绩大幅落后既定目标 10％，但这次英国'脱欧'事件，我这几日仔细分析下来，基于我的预测，对于避险资金的情绪影响不会小，预期至少会对黄金造成 5％的急涨。"

陆恺之带着疑问说："那也只有 5％的成果，另外 5％空缺怎么办？打算长期持有吗？看你这淡定的样子，是不是有计划了？快说吧。"

"之前我们配置的很多 ETF，都属于流动性很好的投资标的，目前都属于交易所承认的两融标的，所以这些标的都可以用来作为融资抵押担保品，而且融资融券比例还特别高。我准备上两倍杠杆！这样要是能赢，一把就可以挽回之前的损失。"元禹说着，眼神中带着自信，还有刚毅。

陆恺之听后笑逐颜开："绝了！为什么你这么看好这次脱欧公投？这结果没人敢预测，目前的民调结果都是对半开，是不是太激进了？万一，我说万一不及预期，照公司现在这情况，我们两倍杠杆可再亏不起了。"

元禹踱步到落地窗前，望着窗外高耸的摩天大楼，理了理思路，把这些天从各种论证资料中发现的线索解释给陆恺之听："近几日我一直在关注媒体报道，媒体消息面上对'脱欧'成功的概率普遍不是很看好，这也容易理解。媒体往往都有导向性。也正因为如此，金价才不会提前反映悲观情绪，这是对我们很有利的地方，可以让我们的持仓成本不至于过高。另一方面，就'脱欧'事件本身而言，我自己的研究和理解是九成以上的大概率事情。所以说，这个机会还是很有把握的。不

过，我们还是要一分为二来看比较好——先说最坏的情况，由
于外部环境本身就很敏感，欧债危机、希腊债务危机接连爆
发，境外市场经济形势不容乐观，市场正处于 2008 年金融危
机以来最敏感的时期，黄金在此期间作为避险工具本身就很受
追捧，有很强的配置需求，过去半年黄金现货已经从底部反弹
了 25％！这就很能说明市场情绪了。境外经济的悲观预期仍
没有消散，宏观经济形势依然严峻。所以即便英国'脱欧'不
成，也不会对金价造成很大的负面影响，不达预期这个风险是
我们能承受的。我们做决策时可以先考虑最坏的情况，每一笔
投资都不要想着赚钱，而要看看最大风险能不能承受。接下来
我们再看'脱欧'的有利因素。英国有'光荣孤立'传统。你
也知道我从小特别喜欢研究历史，英国是一个欧洲岛国，孤悬
于欧洲大陆之外，由于历史和地理环境的因素影响，19 世纪
60 年代到 20 世纪初英国一直对欧洲大陆奉行'光荣孤立'政
策，不干预欧洲大陆内部事务，但也不能容忍欧洲大陆出现一
家独大的强国，否则它就会插手。正是因为有这些传统，英国
和欧洲大陆的关系一直若即若离，甚至很多英国人认为在未来
欧盟很可能会做出损害英国利益的事，所以他们觉得英国'脱
欧'是一个比较好的选项。

　　还有一点也很重要，就是英国与欧洲大陆的地理位置疏远，这也导致英国从来没有想过真正地融入欧洲大陆，和欧洲大陆成为一个整体，这从英国坚持不加入欧元区，坚持自己的货币英镑就能看得出。英国的这一行事风格引起欧洲大陆国家的普遍不满，特别是欧债危机爆发后，欧盟其他国家民众认为英国不仅不加入欧元区，不愿意承担欧洲危机的救助责任，而且反对欧盟出台的很多金融监管政策，欧盟有没有英国已经区别不大了。这导致英国和欧盟各国越来越离心离德，相互之间几乎没有什么信任可言。"

　　对于英国的"脱欧"公投，元禹在心里盘算得非常清楚。元禹最擅长的就是消除噪音、独立思考，即便目前媒体普遍分析认为"脱欧"的可能性低于50％，但他仍坚持自己的看法。他深深地记住了恩师郑教授对他说过最多的一句话："好的分析师啊，一定要学会消除任何市场噪音，坚守独立分析。"

　　陆恺之听完，惊掉下巴，一时语噎："What？元禹你……"

　　元禹疑惑看着陆恺之："咋啦？"

　　陆恺之瞪大眼睛感叹道："你为什么如此优秀！"

　　"别扯犊子了。明天公投结果出来，应该是北京时间后天早上6点左右。如果'脱欧'投票如期，不出意外，后天开盘黄金会坐地大涨，那就是我们绝地反击的机会。所以，明天收盘之后，你这份黄金 ETF 投资的深度报告和我的黄金交易计划都要'不经意'地告诉那个人。"元禹面不改色道。

陆恺之一副蠢蠢欲动的样子道："哈哈，有意思，我都等不及了！我这边你放心好了，已经安排好了夏楚薇明天来投资部取报告，估计明天晚上消息就能传到江佑那边，这样刚好配合上黄金最近的基本面。黄金 ETF 作为美国民间最普及的黄金投资方式，它的持仓变化可以反映市场情绪变化；过去 6 个月，黄金 ETF 普遍大涨 25％左右，对应现货持仓大幅飙升 100 多吨，黄金 ETF 的持仓变化直接代表了黄金市场买盘和卖盘的变化，反映了黄金市场多空力量的对比情况。持仓增加，表明买盘增加，市场看涨黄金的情绪升温，利好金价。这些指标都有很好的参考意义，但关于最近最大的交易机会，当然是我们密谋看好的机会型事件——英国'脱欧'了！这才是整篇报告画龙点睛的一笔。哈哈——"

元禹也有些迫不及待："漂亮！这样基本就万事俱备了。我这边简单，明天一早召开各部门负责人晨会，我会组织团队专门讨论黄金 ETF 相关基金的投资计划，刚刚和你说的投资逻辑我也会讲给他们听，具体的交易指令我会在后天一早下达，用一小部分头寸资金不计成本地抢筹接盘。我自己会趁机把之前申购的资金趁机全部抛出。"

至此，所有的计划都如期进行。虽然对大多数人来说，"脱欧"是个黄金事件型介入机会，但是没人知道元禹已经在一周前"潜伏"进了市场，并且通过之前持仓的 ETF 份额做融资抵押放大了两倍杠杆。

"脱欧"公投于英国当地时间 2016 年 6 月 23 日上午 7 点开始。此次投票将持续 15 个小时，最终的计票结果，支持脱欧的选民票数为 17176006 票，占总投票数的 52%。支持留欧的选民票数为 15952444 票，占总票数的 48%。和元禹的预期几乎一致，境外黄金瞬间大涨超过 5%，大量避险资金流入黄金相关领域。而此时的国内，除了现货市场之外，还有一个市场因为时差原因在暗潮涌动，蓄势待发，大量资金虎视眈眈地盯着黄金 ETF 的交易机会。

6 月 24 日午盘后，黄金 ETF 开盘直接跳空高开 4.6%，成交量瞬间放大，大量资金涌入，涨幅越来越大，很快就突破了 5%。和昨日晨会设定的场景一致，元禹这边的交易员象征性地开始高价抢筹码，进一步引发市场关注，黄金做多情绪进一步高涨。与此同时，不出意外地，江佑他们公司也开始行动了，明显地大资金开始加速涌入。这个场景对于元禹来说简直是最完美不过。办公室里，他有条不紊地根据黄金 ETF 的交易情况高价抛出，市场的买盘越强，抛单价格越高，黄金 ETF 的涨幅从 5% 之间往上逐渐扩大到 6%、7%、8%……

不管有多少抛单，总有资金不计成本地全盘吃下。这是元禹不曾料到的情况，他暗忖道，江佑这是要和自己死磕到底的节奏啊。只不过这次可是正中元禹下怀。虽然对于 A 股市场，元禹不敢说有研究优势，但就大类资产和境外市场的研究能力、扎实的学习基础而言，他相对常年只关注 A 股市场的江佑着实更高一筹。江佑也自知没有这方面的研究能力，索性就跟着元禹买，并且搞一搞一些小手段，先下手为强。

出完今天最后一批黄金 ETF 份额，交易界面显示按照 9% 的涨幅成交。元禹始料未及，江佑太过激进！此时，黄金 ETF 的做多热情已经被完全点燃。市场资金全在不计成本地买入。

来不及按流程下指令，元禹直接电话交易员小张："把早盘买进的黄金 ETF 全部现价抛出！"

小张先是感到惊愕，愣了一下才反应道："呃……早上才买进去的，按照交易规则好像不能当天卖出吧？"

元禹不由提高声音："听我的，马上挂单现价卖出！出了事情我担着！马上！"

挂了电话，元禹一个箭步冲向交易室盯着交易员下单。现价成交！盘口显示成交价格涨幅高达9.5%，早盘买进的ETF份额大致在5%—6%区间，日内一进一出，相当于这笔诱导资金也赚了3%—4%。至此，黄金计划完美收官，元禹绝地反击一战，比预想的要更成功。平均卖出价涨幅在7%，加上2倍杠杆的话，单日收益高达14%，再加上诱导资金的一部分收益，这次黄金的事件型机会直接带来15%的收益回报！一举回补之前10%的窟窿，还额外多赚了5个百分点。元禹振臂握拳，长出一口气。

事毕，元禹职业性地与交易员解释道："黄金ETF属于特殊类别ETF，和股票的成交规则不太一样，是支持T+0交易的，虽然日内价差这样操作很难把握，也不是常规操作，但交易规则我们还是要非常熟悉才行。记住一条规则：除投资A股的股票ETF之外，其他大多数上市交易型ETF品种，如债券ETF、黄金ETF、货币ETF、跨境ETF都可以T+0交易，这是条非常重要的交易规则，收盘后你再查查资料，熟悉一下相关知识。"

小张闻言自感惭愧，悻悻说道："领导教训得是！我常年只知道埋头执行交易命令，感觉光靠手快心细还是不行的，还得多向领导学习学习。"

大获全胜之后，元禹并没有放松，依旧继续观察盘口！黄金 ETF 日内涨幅此后继续高歌猛进，当日涨幅最高突破到恐怖的 9.8％。根据现货的走势情况看，做多情绪已经到了疯狂阶段，然而此时现货市场已经开始悄然回落。果不其然，午盘过后，黄金 ETF 的交投热度开始慢慢降温，涨幅也从最高的 9.8％，逐步回落到 8％、7％、5％，收盘时最终重新定格在 4.6％，回到了当日的开盘价！可以明确一点的是，当日的所有买盘日内都是浮亏的，但所有的抛盘都会赚得盆满钵满。

陆恺之打来电话道贺："刚打听到的最新消息，江佑团队这次浮亏超过 4％，这还不知道他有没有加杠杆呢！有杠杆的话，差不多这一笔就够他喝一壶的了！完美诱敌入坑！"

元禹不屑地说道："贪心不足蛇吞象，他要是没这么贪心，也就不会如此激进了。"

元禹终于完成了绝地反击，给了江佑一次狠狠地回击，局势终于被扭转了过来。

第十二章　欲擒故纵　成事在天

"我刚刚接到医院朋友的电话，当初负责治疗叔叔的主治医生回来了。"当初父亲死得突然，元禹心存疑虑，向医院申请相关报告，谁知……

早晨8点，电视里放着早间新闻，元禹挣扎着从床上坐起来，头发蓬乱。他眯着眼打开手机，看了眼昨晚的全球股市动向，入目竟是满屏绿油油的指数。他不由嘟囔道："见鬼了。"缓了缓心神，元禹掀开被子，赤着脚跑进浴室。

半小时后，元禹笑着和公寓的保安道早安，推开大门，朝着路边一辆熟悉的车大步走去。车里，陆恺之正接着电话，瞥见熟悉的身影，探过身子将副驾驶座的车门打开，顺手塞给他一个带着温度的纸袋，佯装抱怨道："大爷，这是小的按您的吩咐，一大早赶去城东那家面包店排了半小时给您买的可颂和面包。"元禹重重地打了一个哈欠，眯着眼睛喝了一口咖啡，笑着看向臭脸的陆恺之："谢啦！"

陆恺之顿了一下，接而操着一口不熟练的广东话，加快了语速，很快结束了电话。他转头对元禹说："刚有人给我递消息说，那边已经开始有动作了，咱们得快点了。"元禹闭了闭

眼睛，把最后一口面包吞了下去，咖啡的香气顺着呼吸一点一滴地刺激着身体开始苏醒。他睁开眼，看了看陆恺之着急的样子，笑道："急什么？再看看。"陆恺之听了元禹这不紧不慢的语气，不禁有些着急上火："大哥，别闹了，我现在看天上的云都是绿的了，再不动手可就晚了。"自从全球股市进入下跌趋势以来，风声鹤唳，整个金融行业的神经都绷紧了。

元禹看着窗外的天："欲速则不达，越是看不清形势，越要谋定而后动。我总感觉，目前的市场状况没有表面看起来这么糟糕。"陆恺之转过头来看了他一眼，欲言又止。元禹见状心生疑虑，问道："怎么了？有事就说。"陆恺之犹豫着开口："雅菁——还没有联系过你吗？"

元禹怔了一下，仿佛内心深处最隐秘的伤口被戳中。他目不斜视地看着前方，嘴紧紧地抿在一起，过了半晌，叹了口气："没有，她没有联系我。"

到了公司，元禹一进办公室，电话就一直未断，助理夏楚薇叩了叩门，将分门别类整理好的厚厚一叠早报放在办公桌上，默默地退了出去。下滑的经济数据，波动的货币汇率，出人意料的政治事件，各种信息纷乱繁杂，令人理不清头绪。元禹叹了口气，静下心神，开始快速翻阅眼前的材料。经济的运动过程，也是社会的发展进程，不应仅仅考虑经济问题，而应当把社会制度、政治方面的变化也同时纳入考量。它看似千头万绪，但依旧有规律可循。有着独特的周期性。回升、繁荣、衰退、萧条，犹如凤凰涅槃，奄奄一息时投入火中，于灰烬中重生，又开始新的生命。

临近中午，陆恺之嘴里叼着根雪茄冲了进来。元禹抬头看了一眼，吹了声口哨："Cohiba Behike？你可真有钱！"

陆恺之拿起叼着的雪茄看了一眼："啊？这东西很贵？楚薇送我的，刚刚在我办公室跟我瞎扯了半天。"

元禹撇了撇嘴："要在谍战片里，这姑娘估计也活不了多少集吧。这雪茄估计是从江佑那直接拿的，我之前见他抽过。真是阴沟里翻船了，被她折腾了这么久。"

陆恺之一脸愤懑："可不是吗！雷锋可是教导我们的，对待同志要像春天般温暖，谁也没把她往那方面想不是吗？都把她当同志来着呢。"元禹笑了笑，问："她找你都说什么了？"陆恺之在沙发上坐下："哎，还不是看你没动作。元达那边开始做空了，但估计还是心虚，想探探你的口风，看看你的观点。"

元禹看着那只雪茄，烟雾蕴散在四周："呵，行，那就如他们所愿。"

　　晚上 9 点，元禹穿过普通办公区，笑着与那些等着纽交所开市的同事们告别，快步离开。

　　忘川，是元禹来上海后很喜欢独自小酌的一家酒吧，一天的工作后来一杯冰镇过的啤酒，一口气喝下去，疲惫似乎都一扫而光了。酒吧在闹市区一个难得的僻静角落，是一家很容易被错过的小店，酒吧招牌小得丝毫不显眼，嵌在墙上，被攀岩而上的爬山虎遮去了大半面容。棕色的木头大门十分厚重，仿佛在拒绝路人。然而，一旦进入酒吧，就让人几乎忘记外面的世界，忘记外面的纷繁复杂，做回真正的自己。

　　酒吧老板老顾刚调完一杯酒，抬头看见元禹走进来，问道："今天喝点什么？还是老样子？"元禹想了想："给我一杯 Amber Dream。"老顾愣了一下，但很快就回了神，闷声回了句："好"。随即转向身后的酒架，拿起了基酒。Amber Dream，琥珀之梦，由苦艾酒、金酒、查尔特勒甜酒调制而成的彩虹酒，底层 Cinzano 的红代表着红宝石，夹层 Chartreuse 的绿代表着祖母绿，顶层 Beefeater 的白代表着钻石。名副其实的爱情之酒。

元禹喝了一口，苦笑地看着老顾："老顾，没失手吗？怎么那么苦啊？"

老顾看着他，思绪却不知飘向何方："有时候，酒就像一面镜子，里面映出的，是你的喜悦、悲伤，或者是，思念。"

元禹的拇指摩挲着酒杯："思念……本来，我打算这次一回国，就带她来这里，用这杯酒跟她求婚的。现在，茫茫人海，我却不知道她在哪里，不知道她天冷了有没有穿够衣服，下雨天有没有记得要带伞。"

夜，更深了，酒吧里的客人不多，三三两两地坐在各个角落，有的与挚友交谈，有的与恋人私语，或者，如元禹一般，一个人沉思独酌。

第二日清晨，手机在床头柜上发出持续的低沉沙哑的震动，陆恺之不满地嘀咕了一声，翻身滚出被子，闭着眼伸出手去寻觅手机。刚接通，电话那头就传来元禹的声音："起床干活啦。"

陆恺之头疼欲裂，前一晚的酒还没完全醒，起床气噌的一下就上来了："找打啊，现在才几点！周扒皮都没你这么狠！"

元禹笑道："行了，快起床，可以动手了。"陆恺之一听，立马醒了几分，从床上坐起来："你想好了？"元禹答道："嗯，今天开始建仓 ETF 认沽期权。""行，你到公司等着我。"

半小时后，元禹打趣着正在揉太阳穴的陆恺之："你昨天晚上干嘛去了？宿醉啊。"陆恺之头还疼着："别闹，我这是以其人之道，还治其人之身，到敌人内部找友军去了。《孙子兵法》都说了，知己知彼，方能百战不殆。我不去打探一下，哪来的敌军最新动态呀？"元禹哑然失笑："所以你这是出卖色相去了吗？你悠着点，别做出格的事，咱们犯不着这样，他们多行不义，会有恶果的。"陆恺之："行，听你的。你早上说，可以开始建仓了？"元禹点了点头："对，买认沽期权。"陆恺之叹了口气："经济形势真这么差啊，这市场得跌成什么样啊？"

元禹转身看着电脑，屏幕上满是数据图表："不是，真正的状况没那么差。我昨天研究了几个重点指标。一些先行指标，像社会融资规模增速和 PMI 原材料库存季调数据已经开始反弹了，我觉得在未来的一个季度可能可以看到经济的企稳，我们可以开始动手做准备了。"陆恺之的眉头挤到了一起："你等等！我没听明白，你说经济开始企稳，那我们还买认沽期权？虽然我金融功底没你好，但是买认沽的预期是市场大跌啊。"

元禹抬了抬下巴，眼神示意陆恺之往门外看："买认沽期权，是做给她看的。"

透过拉着百叶窗的大面落地玻璃，门外不远处，夏楚薇正拿着手机，手指在屏幕上飞快地动作着。

元禹看着陆恺之，说道："我待会就会发交易指令下去。另外，我们是不是还有一个废弃的期权账户，可能得麻烦你做点事情，夏楚薇盯我盯得太紧了。"

这时，门外突然间一片躁动，透过百叶窗的缝隙往外看去，似乎是夏楚薇正在冲新来的小姑娘 Alicia 发脾气。他们二人隔着门都能听到她尖利的声音："你猪脑子啊！这个数据都能做错！不想做事滚回家里去！"

元禹皱了皱眉头，陆恺之走出办公室，让 Alicia 去倒两杯咖啡进来。元禹看着小姑娘委屈的样子，问道："怎么了，刚才？"Alicia 红着眼，犹豫地看着他："刚刚，楚薇姐让我做一份数据报告给她，我拿给她之后，她看了一眼就说我做错了，然后就——"

元禹安慰道："没事的，做错就重新做一份，把你的小兔子眼睛遮一遮，出去做事吧。"

Alicia 欲言又止，往门口走了几步，又擦擦眼泪，回过头来说道："元总，刚刚我给楚薇姐交报告的时候，刚好看到她有个电话打进来，好像就是那个你们之前常说的江佑打来的。"

元禹和陆恺之相视一笑，对 Alicia 做了个噤声的手势："我们知道了，安心做你的事吧。"

待 Alicia 出去后，陆恺之把自己埋在沙发里，闷闷地笑着："还真是沉不住气啊，毛爷爷说得果然没错，敌人都是纸老虎，要在战略上藐视他们。"元禹看着他："行了行了，别嬉皮笑脸的了，你这几天给我把戏演好了，别一个美人计就把你给策反了。"

陆恺之一听，立马坐直了身体："我是那样的人吗？我一颗红心可昭日月，绝对的正人君子！你放心，我也就是被金融耽误了，不然早就上奥斯卡领奖去了。""那就好，交代你的正事别忘了，我被夏楚薇盯得太紧了，还是你来比较合适。"

听到这，陆恺之突然认真起来："话说回来，你刚刚说经济马上就要企稳了，你有多大把握？"

元禹看着电脑上的经济数据，沉声道："经济的运行是有一定规律的。这个市场任何反转点的基本机制就是人的投机行为造成的。一个单边下降趋势持续得久了，必将引起反弹，不过是早晚的问题。我一直跟踪的社会融资规模增速指标，最近已经开始反弹了。从历史规律来看，货币的增长通常领先于经济增长一至两个季度的时间。因为无论是企业的投资需求或是居民的消费需求，向产业传导都需要时间。另外一个考虑的角度是产业缺口，在这一点上，季调后的 PMI 原材料库存周期波动与产出缺口具有较高的契合度。目前来看，PMI 原材料库存季调趋势已经开始反弹，可以认为这是实体经济领先指标积极微观信号，产出缺口短期回升的动力在强化。"

陆恺之皱着眉头听了半天，摇了摇头："算了，我还是改行当影帝吧，你说的我都没怎么听懂。"

元禹转过身来，看着陆恺之说道："这一切都只是我的推测而已，我又不是算命的，不能未卜先知。只不过，有些时候，看对市场的方向并没有那么重要，防范风险，无论何时都备足救生船才是关键。无论何时，都不能被贪婪冲昏头脑。"

中午，元禹出了公司，拐进了路边一家不起眼的小店，熟练地点了白切鸡、煮毛豆、白灼江虾和清炒菜心。这几个菜看着很平常，但一入口，味道着实不一般，尤其白切鸡，肉质鲜香，略有嚼头，据说是店家专门从乡下收的散养鸡。随着一道道热菜被端了上来，元禹一个人吃得不亦乐乎。饱食一番后，他抬手看了看时间，心满意足地往公司走，刚进门，就听见"哐"地一声巨响，好像是交易室那边传来的动静，再仔细一听，好像是陆恺之在踹桌子。

"又被人抢先了！又是这样！"

电脑上显示着行情数据，午后刚开盘，就看见一笔巨额买单进入市场，认沽期权的价格迅速上涨50％，触发了期权的熔断机制，合约进入了3分钟的集合竞价交易阶段。交易员垂头丧气地看着他，讷讷地问："我们的单子，还……下吗？"

陆恺之揉了揉发胀的头，面色铁青："已经这样了，也没办法，等集合竞价结束，你看着处理吧。"

话毕，陆恺之转身出了交易室，看见元禹憋着笑地看着他。陆恺之绷着脸，拉过元禹快步进了办公室。才一关上门，元禹就实在忍不住了，躺在沙发上狂笑，又怕外面听到声音，捂着嘴，遮掩得十分辛苦。陆恺之作势踹了他一脚："笑一会就行了，至于吗？"元禹忍住笑意："没看出来啊，哈哈哈哈，演技挺好啊。你知不知道，刚刚你发火的时候，你额头上的青筋都爆出来了。"陆恺之下巴一抬："论演戏，我是专业的，也不枉我谈了这么多场恋爱。"元禹看着他得意的样子，忍不住打击他："说你胖，你还喘起来了。说正经的，刚刚那么大的期权买单，是元达那边的吗？"陆恺之点点头："应该是他们，你去吃饭前不是刚把交易指令发下去吗？不然谁这么凑巧刚好赶在咱们前面进场？"元禹打开电脑看了看几分钟前的成交量，行情了然于心："看来鱼儿开始上钩了。"

"我们下一步怎么办？"陆恺之问道。元禹想了想："期权买方的风险比较容易控制，仅仅这点仓位还不足以让他们伤筋动骨。明天吧，我们再加一把火。对了，和你说的事别忘了。""知道了，我待会就操作。"陆恺之抬了抬眉，又调笑道，"我混了这么多年，越混越回去了，都快变成交易员了。"说完，他从办公桌的抽屉里拿出自己的笔记本电脑，开机，打开了一个闲置很久的期权账户。

夜很深了，咧咧的冷风呼啸着，江水铆足了力气撞击堤坝，元禹紧了紧身上的大衣，迎着风沿着江堤缓缓地走着。忽然，口袋里的手机震动了起来，元禹的心蓦地停了半拍，拿出手机一看，却发现是陆恺之打来的，失落地呼出一口气："这么晚了，你怎么还没睡啊？"

陆恺之听着电话那头呼啸的风声，心下一惊："你这是在哪啊？风这么大，说话都听不清。这么晚你不在家呆着，瞎跑什么啊？我和你说，天涯何处无芳草，你别想不开啊，千万别为了一棵树放弃一片森林！"元禹无奈辩解道："不是，我只是睡不着在江边散个步而已。"陆恺之闻言才松了口气："睡不着你早说呀，你在那别动，我来找你！""哎，你别——"还没等元禹说完，那边电话已经挂了。风越来越凉了，似乎想把人身上所有的热气都吹散，元禹坐在江边的长凳上等着，不禁打起喷嚏。

　　陆恺之很快就驱车而来，接上元禹又直奔下一站。40分钟后，车停在城东的一条小巷里。放眼望去，皆是烧烤、龙虾、串串，各式各样的霓虹灯闪烁着，向行人推销着自家的招牌。街边的烧烤炉上，油脂滴在烧得通红的木炭上，发出滋啦滋啦的声响。长夜漫漫，肉食者们自发而来，街头巷尾，市井里弄，享受着世俗的幸福。陆恺之熟门熟路地来到一家露天烧烤摊前，天虽有点凉，但食客们却吃得火热，新鲜的辣味、轻微的蒜香，渗透到肉里，不停地刺激着味蕾。

　　"二哥！来一斤小猪肉！四瓶啤酒！"陆恺之向不远处一个微微发福的男人喊道，然后找了个小烧烤炉，拿纸巾擦了擦凳子，坐了下来，"这家的小猪肉，是老板特意去山里买的，还没开长的小乳猪，细嫩又有嚼劲。再加点小米椒、蒜蓉和盐，腌上半天，那味道，真是没得说。"

元禹听罢，哑然失笑："也就只有你了，天天琢磨吃的。"

陆恺之一脸得意："哎，那句话怎么说来着，没有烟火气，人生就是一段孤独的旅程。"

正说着，服务员上了一盘子拿竹签串着的小猪肉，又开了几瓶酒，匆忙地转身忙活其他事去了。陆恺之把肉放上烧烤架，聊起白天的事："你今天白天说，要再加一把火。打算加仓？"元禹靠着火取暖："嗯，打算卖认购期权，合成期货空头。我们的资金还够吗？卖出期权需要缴纳保证金。"

"资金够。不过，合成空头，会不会风险大了点啊？"

元禹把肉翻了个面："是有点大，所以资金要多留一些，万一行情波动，可能需要补保证金。"陆恺之倒上酒："咱们下了血本，万一江佑那小子不跟怎么办？""本性难改。再说，我们也不慌，不是还有一个账户吗？明天把新增的这部分风险对冲一部分，任行情风吹雨打，我自岿然不动。"

陆恺之吃了两口肉，突然又想到件事："今天你让我在那个账户里面卖实值的认沽期权，这能对冲风险吗？期权这东西好是好，就是策略太复杂，我这个脑子压根转不过来。"

元禹看着他，一副恨铁不成钢的样子："你想要在金融这个领域继续混下去，期权还是要精通的。不然以后人家都是长枪短炮的，用期权策略进行多维度的交易，你还小米加步枪，怎么干得过别人。期权其实不难，就像七巧板一样，无论多复杂的图案，都是由最基础的几个图形拼成的。比如说，合成期货空头，就是卖出认购期权的同时，买进到期日相同、行权价相同的认沽期权。期权合约到期时，若标的资产价格小于行权价，那么策略的实施者可以实行买入看跌期权的权利，获取标的资产下跌的收益，与此同时，收入卖出的认购期权的权利金；若标的资产价格大于行权价，作为认购期权卖方需要履行相应的义务，将标的资产按照行权价格卖出，与此同时，损失认沽期权的权利金。"

陆恺之想了想，问道："你今天让我在另外一个账户中卖出实值的认沽期权是为了……？"

小猪肉在烧烤网上发出滋啦滋啦的声响，十分诱人。元禹一边烤着肉，一边回答陆恺之的问题："构筑牛市认沽价差。买入较低行权价的认沽期权，卖出较高行权价的认沽期权，构筑一个收益有限、风险有限的看涨策略。卖出较高行权价的认沽期权会带来权利金的收入，买入较低行权价的认沽期权会给策略提供下行方向的保护。因为较低行权价的认沽期权价格会低于较高行权价的认沽期权，所以这个策略在建仓的时候就会带来净现金流入。一般来说，这个策略适用于对标的温和看涨的情况，如果行情下行，因为买入了低行权价的认沽期权合约做对冲，组合策略的损失也是有限的，是一个比较保守的策略。"

"那明天卖了认购期权之后呢，怎么做对冲？"

元禹喝了一口酒，放下杯子，继续说："另外购买相同合约期限、更低行权价的认购期权，还是合成牛市价差，不过这次是牛市认购价差。认购期权和认沽期权，都可以合成牛市价差策略，构建方式都是'买低卖高'，就是买入低行权价的期权合约，与此同时，卖出高行权价的期权合约。不过和认沽期权相比，由于低行权价的认购期权更偏实值，通常比高行权价的认购期权更贵，所以在开仓时是权利金的净支出。换一个角度看，牛市认购价差策略可以看作买入认购的一个延伸。投资者想要通过购买认购期权来获取标的上行的收益，但是又觉得做多成本太高了，想要卖出一个行权价较高的虚值认购期权来降低成本和冲抵时间价值衰减带来的影响，牺牲部分行情上行的空间来换取更低廉的成本。"

陆恺之恍然大悟："明白了，最后我们合成的都是亏损有限的看涨策略。行情上涨能挣到钱，如果不幸下跌，我们开仓时已经将损失控制在一定范围内了。"

元禹放下手中的筷子，对陆恺之说："很多人都觉得衍生品是风险很高的金融工具，但实际上，各种组合策略可以实现预设止损的功能。可怕的从来都不是工具，而是贪婪的人心。没有人能一直看对市场动向，我还是习惯给自己留一条后路。毕竟，在这个市场里能够在盈利的前提上活下去，才是最重要的事。"

两个月后，经济开始企稳，三大股指一路上扬，气势汹汹地收复失地。

夏楚薇出了公司大门，心虚地四下看看，这才加快步伐往公司边上的一条巷子里走去，又走了一百来米，只见一辆黑色的车子早已等在那里。打开门，赫然看见江佑坐在车里。

"你找死啊，到这来接我。"夏楚薇忍不住发飙。江佑倒是不紧不慢地推了推金边眼镜，发动了车子，脸色却是铁青："怎么回事，你的消息到底准不准？元禹不是看空吗？这市场都涨了快两周了，我保证金都补了快一个亿了，领导那边都没法交代了！"

这一番指责让夏楚薇很是不爽，她眉毛挑起，反驳道：

"消息怎么不对，元禹每天的交易指令都是通过我发的，他现在什么仓位我会不知道吗？！是你自己心太黑，知道他用了什么合成空头策略之后，铆足了劲地加仓，硬生生地比他多出一倍的持仓！仓位这么重，现在还没爆仓就已经不错了，居然还有脸来指责我！"

江佑看着夏楚薇不悦的脸色，心想之后还需要用到她也不好撕破脸皮，于是缓了缓语气，转身掏出一个浅绿色的精致纸袋："你之前不是说喜欢梵克雅宝的四叶草吗？刚刚路过商场，进去给你挑了一个。"

夏楚薇接过纸袋，拿人手短，也不好继续发作，语气稍缓："你知道我为了你有多辛苦吗？天天在公司里提心吊胆的，生怕别人发现我在和你联系。"

江佑有求于她，自然趁机道歉："我错了，是我不好，我不该对你发脾气。你消消气吧。我这不是着急了吗？已经连涨两周了，各种指标已经开始显示经济企稳了。"

夏楚薇想了想："那你就减点儿仓吧。我看元禹还每天悠哉游哉，虽然账户浮亏，好像也没看他心情有哪里不好。最近还加仓了空头策略。"

"他还在加仓？"江佑不可置信。

夏楚薇点点头：“嗯，下午刚发的交易指令，信心满满的样子。你现在仓位太重了，实在扛不住，就减仓吧。”

江佑咬了咬牙，眼神中透着狠戾：“不，富贵险中求，绝对不能现在减仓。”

元禹刚从浴室出来，就听见手机在震动，他接起电话，传来陆恺之的声音：“我刚刚接到医院朋友的电话，当初负责治疗叔叔的主治医生回来了。”当初父亲死得突然，元禹心存疑虑，向医院申请相关报告，谁知主治医生到国外参加学术会议，又到当地医学院交流学习，一走就是一年有余，报告的事也一直拖着。陆恺之在医院有熟人，就自告奋勇，一直帮元禹盯着这事。

“报告什么时候出来？”元禹放下手中的毛巾问道，“报告已经在我手上了，我现在开车给你送过来。我已经当面见过主治医生了，他当时也觉得蹊跷，叔叔只是因为感冒引起慢性支气管炎，年纪大了，身体比较虚，看着比较严重，但按理说并不会导致猝死。有一个小护士说，叔叔出事之前，她正在给叔叔打针，打完没几分钟，叔叔就开始呼吸困难，血压下降，昏迷不醒了。”

“呼吸困难，血压下降……”元禹陷入了沉思。和父亲好好相处已经是十分久远的事了，但是有件事他记得很清楚，每回学校爆发流感的时候，父亲总会叮嘱他："如果在学校生病了，要和校医说不能乱用药啊，你遗传了你老爸，对青霉素过敏。"

陆恺之听到电话那头的元禹突然激动起来："医生给我爸用了什么药？是青霉素吗？我爸对青霉素过敏！"

陆恺之一拍方向盘："我靠，不是吧？我马上回医院找他们去。"

元禹一把抓起边上的衣服，对陆恺之说："你在医院等着我，我马上过来。"

30分钟后，元禹赶到医院，主治医生、护士等相关医护人员已经在会议室里等着了。主治医生是一个50多岁的男人，可能是因为工作的原因，头发已经花白，他和几个看起来是医院领导的人坐在一起。陆恺之的脸绷得紧紧的，坐在一个小护士身边，小护士看起来已经哭过一场，两眼通红。

主治医生看见元禹进来，先站了起来："您好，想必您就是元先生的儿子吧。元先生的事我很抱歉，当时事发突然，元先生没能抢救过来。之后我又赶着出国参加会议，现在想来，元先生的死因的确很是蹊跷。"

陆恺之这时候突然对小护士吼了起来："你说，你当时都给叔叔注射了什么？"

小护士的眼泪又落了下来，怯怯地看着元禹："当时，我负责给元先生输液。进门的时候，看见一位年轻的先生坐在房间里，元先生正睡着。刚好，那会护士长着急有事找我帮忙，我就跑开了一下，拜托那位先生帮我看着药盘。后来，等我回来的时候，他已经走了。我刚挂好盐水瓶，元先生的血压就开始急速下降……"

元禹转身看着主治医生，正色问道："请问您给我父亲开了什么药？我父亲对青霉素过敏。"

主治医生愣了一下，仿佛明白了什么："我开了氧氟沙星，会不会输液的时候药品拿错了？"

小护士急忙辩解："不会的！虽然装青霉素和氧氟沙星的瓶子长得很像，但是药是直接从药房拿的，拿的时候还和药房确认了一遍！我拿到药就直接往病房走了，中间没在哪耽搁过！"

陆恺之一直在边上默默地听着，突然好像想到了什么："但是你把药放在病房之后，又出去了一下，不是吗？"

元禹突然反应了过来，手紧紧地握成了拳，对医院的领导郑重地说："看来，有必要通知警察了。"

又过了一个月，股市持续上涨，市场交易量大幅增加，股票型 ETF 的份额每日递增。元禹坐在办公室里，看着今天高开的股指，沏了一壶莲心茶，气定神闲地喝着。陆恺之躺在沙发上接着电话，偶尔听到电话另一边隐约传来爆仓、亏损这样的词。

"元达爆仓了。"陆恺之放下电话，对元禹说道。

元禹喝了口茶："意料之中。"

陆恺之兴奋地想将细节告知元禹："据说江佑一个人控制着元达投资部的前台和后台，压着底下的员工不敢上报亏损。他已经杀红了眼，手里捏着空头头寸不肯平，还是今天早上股指高开，他跟财务部申请资金补保证金的时候，被财务部发现了端倪。十几分钟后，总经理就带着人去投资部查账了。那边报了警，警察局来了几个人，把江佑带走了。"

元禹叹了口气："还是贪心作祟，我们虽然设了局，但肉腐出虫，鱼枯生蠹，要不是他心存贪念，也不至于到这个地步。"

"对了，叔叔的事查得怎么样了？"陆恺之问道。

元禹捏紧了茶杯，语气变得冰凉："警察已经从医院调了监控，确认了当天父亲死之前，江佑的确来探过病。但是因为证据不足，无法申请搜查令。现在他被抓进去了，希望能有所进展吧。善恶有报，这一切也该有个结局了。"

元禹起身走到落地窗前，窗外高楼大厦，滚滚车流。玻璃中映出的那个人，眼角带着掩饰不了的疲惫。

"天下熙熙皆为利来，天下攘攘皆为利往。钱，真的有那么重要吗？"

这时，一个熟悉的身影突然出现在元禹的视线里，那个身影穿着驼色的大衣，进了公司楼下的那个咖啡厅。他愣了一下，随即抓起一旁的外套，来不及和陆恺之说一声，直接冲了出去。陆恺之错愕地看着他向电梯奔去，心里不禁犯起嘀咕，这是看见谁了啊，就差背着降落伞直接从窗户这跳下去了。

元禹站在咖啡馆的门口，大口地喘着气，心里像暴风雨中的大海一般，一浪接一浪，难以平息。犹豫了半晌，他深吸一口气，伸出手，平时随手就能拉开的木门，现在却沉重得如同古城的城门。在咖啡馆的角落，坐着那个他日思夜想的身影，穿着黑色高领无袖连衣裙，头发松松地绾在脑后，大衣随手搭在沙发上，人倚靠在沙发里，望着公司的方向一动不动，眼睛里满是忧伤。元禹的心一阵抽痛，控制着手心的颤抖，强装镇定地走到她面前："好久不见。"

许雅菁见是他，琥珀色的瞳孔里满是慌乱，睫毛微微地颤栗："好久不见。"

"一个人?"元禹问道。

"嗯，出来随便走走。"

公司既不在商场旁，也不在公园边，绝对不是一个随便走走的好地方。元禹并不想揭穿，叫来服务员点了一杯拿铁，在对面的位子上坐了下来。他看着她憔悴的脸，心里犹豫着想问许雅菁能不能原谅他。可是，是他自己亲手毁了他们之间的感情。元禹还想问，你还爱我吗。可他不敢，他害怕。哪怕是她眼睛里带着的一丝犹豫，也是他背负不起的沉重。现在的他，绝望地无助地攥着自己手里的红线，徘徊在爱情的边缘。他望着眼前的爱人，祈求得到原谅。

"最近还好吗?"元禹看着许雅菁问道。

"还好。你还好吗?"许雅菁躲闪着他的目光。

"嗯，老样子。"

"我听说，今天江佑被抓了。"许雅菁想着刚刚听到的消息，忍不住开口。

元禹回道："投资决策失误，而且对管理层隐瞒了亏损。元达报警抓了他。"

许雅菁心里有些解气，又不由带上一丝苦笑："恭喜你，你赢了。"

元禹急忙辩解："你知道我最在意的不是这个，是——"

最在意的，其实是你，元禹在心里默默地说。两人都没有再接话，气氛一时有些尴尬，沉默在他们之间弥漫开来，时光仿佛停滞了，周围安静得仿佛能听到对方的呼吸。

"你有空吗？我们去看场电影吧。"许雅菁突然抬起头问道。

元禹愣了一下，忽然反应过来，相处这么长时间，他们居然都没有坐在一起看过一场电影。甚至，也没有像普通情侣一样，在晚饭后到公园手牵着手悠闲地散步。他们的回忆，满是金融数据、钩心斗角，以及无尽的伤害。

"好，我们去看电影吧。"

想看的片子不是过了时间，就是还要等，只有一部老片子——俞飞鸿的《爱有来生》，在新片断档的时候，被影院拿来放映。买票的时候，影院附送一只糖戒指，戒指的包装上印着：把握今生，莫等来世。元禹把糖戒指塞到许雅菁的手里，鼓起勇气顺势拉着她的手，带她去买爆米花。

一部前世今生的电影，一个爱与被爱的故事。她是陌上花开好，他是行马过路客，哒哒的马蹄兀自惊动了一段情缘。明眸乌丝朱衣，容颜明媚灿烂。他画她，赠她礼，只为博她一笑。后来，刻骨铭心的爱情逃不过一个凄婉的结局。女子是仇敌的二代，与兄长合谋来复仇，男子的大哥因她泄密而亡，他痛彻心扉颤抖持枪，女子看着他痛，"砰"的一声枪响，自己了却余生，脸颊挂着桃花般的微笑。"今生今世，我们所走的路都错了，时间不对，地点也不对，来生我们再会，来生我会等你。"第二世，杜鹃火放如旧，他为痴鬼，为她错过轮回，于约定的银杏树下等盘桓数年。等到她时，已是罗敷有夫，有着恩爱的丈夫和美满的家庭。路过黄泉路，踏过奈何桥，他们终是散了。茶凉尚可续，人走，何以忆？

电影结束，人群散去，两人却迟迟没有起身。元禹伸过手去，紧紧地握住许雅菁的手，转过身看向她，却发现对方早已泪流满面。元禹一字一句认真地说："别让我等太久，好吗？"

后记

　　本书是集体写作的成果。刘逖提出了写作创意并明确了写作体例。李凯明确了故事的主线，郑力海、唐凯、李凯、鲁亚运、李亚婧、毛伟、许洁、叶歆韵、万纯、高珊、王怡龙各自撰写了至少某一章的内容，王琳琳、杨晓栋、郑航凯、智励和竺旭东承担了全书稿的校对工作。

　　本书同名广播剧《ETF王子复仇记》已在"喜马拉雅FM"上线。郑力海组织了广播剧的录制，管元珝作为广播剧的男主角、李斐作为广播剧的后期剪辑，承担了大量工作。

　　特别感谢西卡小姐为小说绘制了大量精美的插图。

　　格致出版社作为系列丛书的出版社，为本书倾注了众多心血，在此一并感谢。

　　本书仅代表作者个人的观点，不必然反映任何机构的意见。为丰富剧情，并尽量将ETF知识全面展现给读者，对于上市公司治理等其他资本市场相关知识难免挂一漏万。若书中论述有任何不当之处，亦应由作者文责自负。

　　囿于作者的学力和才识，我们热情欢迎广大读者对本书提出批评和指正。

　　最后，欢迎读者同步收听已经上线"喜马拉雅FM"的《ETF王子复仇记》同名广播剧。

编　者
2020年1月

扫一扫，即刻收听同名广播剧

图书在版编目(CIP)数据

ETF王子复仇记/姬今著. —上海:格致出版社:
上海人民出版社,2020.5
ISBN 978-7-5432-3106-1

Ⅰ.①E…　Ⅱ.①姬…　Ⅲ.①长篇小说-中国-当代
Ⅳ.①I247.5

中国版本图书馆 CIP 数据核字(2020)第 037413 号

责任编辑　程筠函
装帧设计　壹图设计

ETF王子复仇记

姬　今 著

出　　版　格致出版社
　　　　　上海人民出版社
　　　　　(200001　上海福建中路 193 号)
发　　行　上海人民出版社发行中心
印　　刷　常熟市新骅印刷有限公司
开　　本　890×1240　1/32
印　　张　11.25
插　　页　2
字　　数　181,000
版　　次　2020 年 5 月第 1 版
印　　次　2020 年 5 月第 1 次印刷
ISBN 978-7-5432-3106-1/F·1290
定　　价　55.00 元